Título original: LES BIJOUX DE LA CASTAFIORE, la version du journal *Tintin*

Provença, 101 - 08029 Barcelona
info@editorialjuventud.es
www.editorialjuventud.es
Traducción del prefacio: Joan Manuel Soldevilla
Traducción de *Las joyas de la Castafiore*: Conchita Zendrera

Primera edición, octubre de 2023
ISBN 978-84-261-4871-1
DL B 14141-2023
Núm. de edición de E. J.: 14.276
A lo largo de los años de creación, Hergé emprendió la excepcional tarea de recopilar información y documentos. Su procedencia no siempre está claramente indicada en nuestros archivos.
Por eso, están indicados como «Documentación de Hergé».
El editor original ha hecho todo lo posible por localizar todos los titulares de los derechos sobre los documentos reproducidos en este epílogo.
Si alguno no ha sido contactado, le rogamos que se dé a conocer.
Printed in Spain

- HERGÉ -

LAS AVENTURAS DE TINTÍN

LAS JOYAS DE LA CASTAFIORE

La versión de la revista *Tintin*

JUVENTUD

LAS JOYAS DE LA CASTAFIORE

La versión de la revista *Tintin*

Es la antiaventura más singular de la obra de Hergé. Tras recorrer el mundo y volver del Tíbet, Tintín, de repente, se vuelve sedentario y cede el protagonismo a una Castafiore expansiva y a un capitán Haddock abrumado. El castillo de Moulinsart se convierte en el único espacio de la ficción, el escenario exclusivo de una investigación muy mediática que solo durará unos días.

Esbozo a lápiz de la plancha 4 de *Tintin et le Thermozéro*.

La portada de la revista *Paris Match* del 11 de junio de 1960 y algunas páginas interiores del artículo dedicado a Sophia Loren. La actriz fue víctima del robo de sus joyas durante el rodaje de la película *La millonaria*.

Chaque parure signifiait un succès. Ci-dessous à dr., les perles de « la Milliardaire ».

Emeraudes de « l'Or de Naples ».

Les saphirs de « la Clef ».

Diamants de « Fille du fleuve ».

Rubis de « la Baie de Naples ».

Les perles de « Olympia ».

cloison (ci-dessous à g.) et vu l'actrice ranger ses bijoux dans la commode dont il devait forcer la serrure avant de sauter par la fenêtre.

MIENTRAS SE PUBLICAN por entregas las últimas planchas de *Tintín en el Tíbet*, Hergé se sumerge en la elaboración de un relato para el que ya ha ensayado diversos borradores de guion, aunque ninguno le satisface. Después de haber tanteado en su entorno próximo, especialmente a Jacques Martin, se dirige a Michel Greg, colaborador de la revista. Hergé valora su sentido del gag y el ritmo sostenido de las numerosas historias que él ha publicado. Inspirándose en ideas originales concebidas por el propio Hergé, Greg se pone manos a la obra y, a inicios de 1960, envía a Hergé un guion bien trabado: *Tintin et le Thermozéro*. Hergé lo acepta, pero poco habituado a trabajar con un desglose tan preciso de las escenas como el que se le presenta, no consigue sumergirse en el guion. Modificando un detalle tras otro, terminará desmontando esta historia de espionaje en la que se sentía cada vez menos cómodo, incluso algo perdido en ese relato del que poco quedaba de los mecanismos originales que lo articulaban. A partir de ahí, dos acontecimientos suscitarán de nuevo su interés y lanzarán su imaginación por nuevos derroteros.

LA REVISTA *PARIS MATCH*, de la que Hergé era un lector regular, dedica su portada al robo de las joyas de la actriz italiana Sophia Loren ocurrido en mayo de 1960, durante un rodaje en Inglaterra. El periodista relata, de forma muy realista, las circunstancias del hurto, y detalla con precisión la forma en la que el ladrón había espiado a la actriz durante horas antes de cometer su fechoría y huir con el botín. Al dibujante le divierte el titular: «Ella soltó un grito. El cuarto cajón de la cómoda estaba vacío». Nos imaginamos con qué delectación Hergé añadiría a este suceso el célebre «¡Cielos! ¡Mis joyas!», que en breve pondrá en boca de su cantante.

Documentación de Hergé

Tarjeta postal de Céroux-Mousty en la que aparecen unos gitanos a la entrada del pueblo.

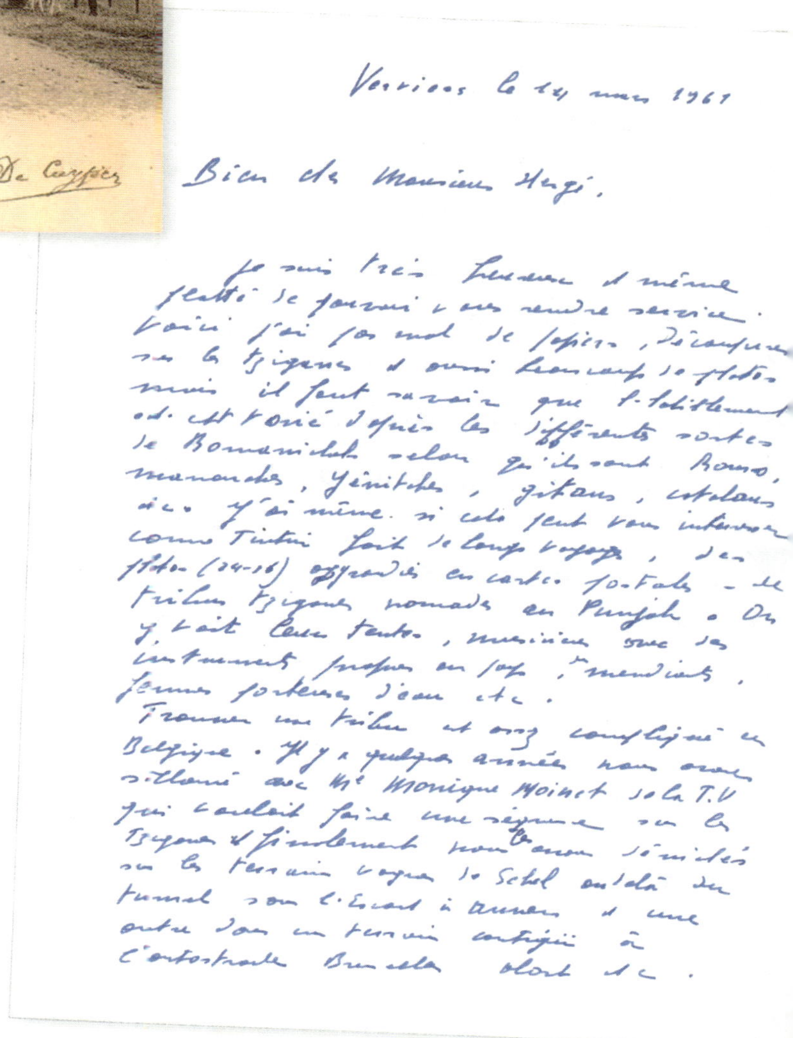

Verviers le 4 mars 1961

Bien cher Monsieur Hergé,

Je suis très heureux et même flatté de pouvoir vous rendre service. Voici j'ai pas mal de papiers, documents sur les Tziganes et aussi beaucoup de photos mais il faut savoir que l'habillement est très varié depuis les différentes sortes de Romanichels selon qu'ils sont Roms, manouches, Yénitches, gitans, catalans etc. J'ai même si cela peut vous intéresser comme Tintin fait de longs voyages, des photos (24-16) agrandies en cartes postales – de tribus Tziganes nomades au Punjab. On y voit leurs tentes, musiciens avec les instruments propres au pays, mendiants, femmes porteuses d'eau etc.

Trouver une tribu est assez compliqué en Belgique. Il y a quelques années nous avons sillonné avec Mlle Monique Moinet de la T.V qui voulait faire une séquence sur les Tziganes et finalement nous avons [illegible] sur le terrain vague de [illegible] du tunnel sous l'Escaut à Anvers et une autre dans un terrain contigu à l'autostrade Bruxelles Ostende etc.

Una de las cuatro hojas de la carta que el padre Rupert escribió el 4 de marzo de 1961.

OTRO SUCESO despierta la imaginación de Hergé. Mientras pasea por el campo, en los alrededores de su propiedad en Céroux-Mousty, en el Brabante valón, descubre un campamento de gitanos instalado en un terreno insalubre, cerca de un vertedero. Al parecer, la administración local no les ha dejado otra opción al autorizarlos a permanecer en los terrenos comunales.

Hergé encuentra allí la inspiración para desarrollar su trama: en Moulinsart hay un robo, y se acusa injustamente a los gitanos acampados en las cercanías. Por supuesto, Tintín sacará a relucir la verdad. Esta vez, el dibujante percibe que tiene en sus manos algo nuevo, una historia en un espacio reducido, sin posibilidad de escape, un «*Huis-clos*» doméstico.

PARA REPRESENTAR con precisión a esos nómadas, Hergé tiene que documentarse, y para ello necesita ponerse en contacto con un experto, en este caso, un párroco, el padre Rupert, monje capuchino de Verviers (Bélgica) y capellán de la comunidad gitana.

Hergé le expresa el deseo de conocerlos, de entrar en contacto con ellos, algo que finalmente no será posible. En contrapartida, el padre Rupert le proporciona una notable cantidad de información sobre esta comunidad. También conserva un gran número de fotografías que pone a disposición del dibujante formulando, eso sí, un deseo en cuanto a la manera en que Hergé mostrará su modo de vida: «Me gustaría pensar que el episodio gitano será un homenaje a esta comunidad, de lo contrario lo lamentaría, porque los aprecio mucho, también con sus defectos, que no son más numerosos que los que nosotros tenemos». A ello le respondió Hergé: «El episodio de los gitanos no le disgustará: los mostraré como gente simpática; serán falsamente acusados de un delito, y será Tintín quien, haciéndose cargo de su defensa, los salvará de esta injusticia».

De esta documentación no queda rastro en los archivos de Hergé, pues la devuelve a su propietario, acompañada de una nota de agradecimiento: «Si algún día puedo hacerle un favor a cambio de los valiosos servicios que me ha prestado, no dude en pedírmelo. Solo me queda darle las gracias una vez más, deseando una buena y pronta recepción de las fotos que le envío en el sobre adjunto».

El párroco y el dibujante no se reencontrarán nunca más, pero continuarán intercambiándose felicitaciones y manteniendo el contacto. A inicios del año 1982, el padre Rupert escribe a Hergé para pedirle si puede recibirle, acompañado de su sobrino, André, quien desea ver cómo trabaja el equipo que realiza los álbumes de *Tintín*. La enfermedad de Hergé hace imposible esa visita

16.01.06.01. Gitans. 1.

Les Nomades de la Puszla (Hongrie)

Leur repas.

Avec la camera dans un campement de bohémiens.

Doit-on survoler des milliers de kilomètres pour faire des voyages dangereux pour connaître la vie primitive des peuples de la nature? Doit-on pénétrer dans l'intérieur le plus obscur de l'Afrique pour pouvoir visiter les campements des tribus nomades qui s'éteignent?

Non, en quittant Vienne, on se trouve en quelques heures de chemin de fer au milieu d'un campement de tribu. Avant tout, il faut nous libérer d'un faux romantisme. Nous ne devons pas chercher une horde sauvage ou une tribu de sorciers et de sorcières. Les Tziganes, les fils noirs de la Puszla hongroise, les derniers nomades de l'Europe ne sont plus des êtres mystérieux. Le voisinage de la grande ville a enlevé à ces fils de tribu, beaucoup de leur romantisme. Nos bohémiens, qui habitent dans des roulottes, dans des tentes ou bien des chaumières construites en torchis approchent déjà plus ou moins de la civilisation. Quelques-uns d'entre eux exercent même déjà des métiers ou une occupation journalière : rétameur, chaudronnier, briquetier. Ils visitent des villages cherchant du travail et offrant leurs marchandises. Il y en a qui parviennent à se

[...]urs femmes et leurs en-
[...]ute de leur colonie, dans

[...] le « Vajda », dont l'au-
[...] d'un chef de tribu d'un
[...] Les sentiments de mo-
[...]oise sont totalement in-
[...]unauté ne se soumet que
[...] enfants, souvent encore
[...]-mêle dans une tente.
[...]es, on trouve des jeunes
[...]le à 12 ans. Bien que les
[...] règles de l'hygiène, les
[...]oissent et deviennent de
[...]e, les yeux noirs en feu,

les cheveux noirs comme du jais, donnent aux jeunes bohémiens et bohémiennes, un attrait tout spécial. Mais leur beauté se fane très vite. Les femmes bohémiennes qui gagnent leur pain par la mendicité ou en disant la bonne aventure sont souvent plus jeunes qu'elles ne le semblent. Les nomades qui visitent les villages font les métiers les plus dégradants : charognards, nettoyeurs d'égouts, même les aides du bourreau se récrutent parmi les bohémiens. Le nombre des crimes qui se commettent est très grand. On les trouve même assez souvent parmi les voleurs de chevaux, les cambrioleurs, les bandits et même parmi les assassins. Les femmes bohémiennes sont très redoutées, car elles pratiquent le vol à la tire. Les débats du procès qui a eu lieu l'année passée à Kaschau contre des bohémiens anthropophages a jeté une vive lumière sur les mœurs dégradantes de quelques bandes de ces tribus; l'élément criminel parmi les bohémiens devient heureusement une rareté. Les tribus de nomades disparaissent lentement mais sûrement. La nouvelle génération se retire de plus en plus dans les villes, se mélange avec la population et prend rang parmi la classe des travailleurs. Sera-t-il possible de sauver les tribus nomades pour la civilisation? Des essais furent faits, même sur une grande échelle, mais sans succès. Un essai des plus intéressants fut fait par l'Empereur François Joseph. Il voulait par des decrets-loi forcer les tribus nomades de s'installer dans les villes, mais ceux-ci ne montraient aucune sympathie pour les bienfaits de la civilisation. Ils préferaient la liberté de la grande route aux bienfaits de la civilisation.

Un autre essai intéressant de civiliser les nomades fut fait par l'archiduc Joseph, le chef du célèbre Palatinat l'archiduc Joseph, témoignait une grande préférence pour ce peuple; il apprit leur langue, et n'épargnait aucune peine pour essayer de faire de ces vagabonds des citoyens utiles.

L'archiduc Joseph, fonda sur sa propriété en Hongrie.

Elementos de la documentación de Hergé relativos a las comunidades nómadas.

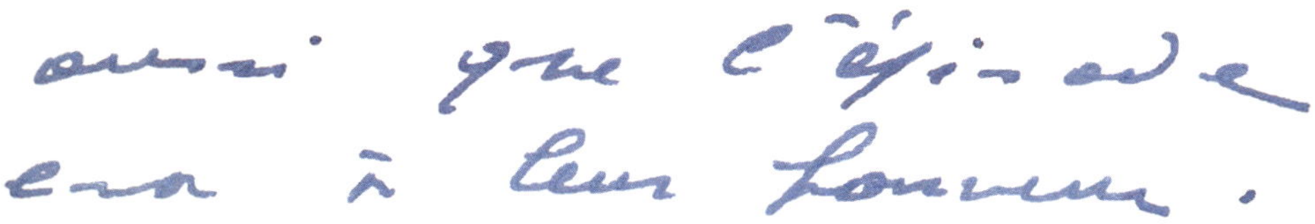

y el clérigo fallece en mayo del mismo año, siendo llorado por todos los gitanos de Bélgica. Su sobrino informa a Hergé del traspaso de su tío, y le pregunta si puede comprar una plancha original de *Las joyas de la Castafiore*, en memoria de su tío y padrino. Hergé le responde: «No tengo por costumbre vender mis originales», y le regala una plancha original que le dedica «A André Fontaine, en recuerdo de su padrino» en muestra de agradecimiento al valioso servicio prestado en el pasado por el capellán.

Detalles extraídos de las numerosas páginas de esbozos y desgloses. Estos dibujos no están destinados a ser mostrados. Hergé es su único destinatario y en ellos va a la búsqueda de lo esencial.

Página de la derecha: dibujo a lápiz de la plancha 49 en la que Hergé deforma a sus personajes con un cierto regodeo.

DESPUÉS DE *TINTÍN EN EL TÍBET*, que de forma incontestable es su álbum más personal, Hergé experimenta la necesidad de continuar poniendo en cuestión las pautas que él mismo ha establecido a lo largo de *Las aventuras de Tintín*. En esta ocasión, no enviará otra vez a sus personajes al fin del mundo, sino que no les dejará abandonar el castillo de Moulinsart, siguiendo al pie de la letra la unidad de lugar que regía el teatro clásico. Y para turbar la calma de sus residentes habituales –Tintín, Haddock, Tornasol y Néstor– va a incorporar a la Castafiore y a todo su séquito: Irma, su ayuda de cámara, y Casimir, el pianista, al que Hergé llama así en esta etapa inicial de la obra.

Los cuadernos en los que el dibujante plasma sus ideas se multiplican. Retoma muchas veces el inicio del relato hasta encontrar el equilibrio perfecto entre los diferentes ingredientes: el paseo, el encuentro con la pequeña gitana, el descubrimiento de un campamento al lado de un vertedero, la llegada de la Castafiore al castillo y el esguince del capitán, que le impide escapar de los asaltos de la diva y de los fotógrafos de *Paris Flash*. El escenario finalmente está listo. La comedia puede empezar. Y uno puede imaginarse la alegría de Hergé cuando garabatea en sus hojas de papel de carta las diversas aventuras en que involucra a sus personajes. ¡En sus archivos se conservan más de doscientas!

HERGÉ HA TOMADO CONCIENCIA de que sus lectores han madurado. Al tiempo que continúa dirigiéndose a los niños, propone también una lectura de segundo nivel para seducir al público que ha crecido con Tintín. La intriga se construye sobre el modelo de la investigación policial, que mantiene a los lectores en vilo. Sin embargo, no hay aventura en el sentido habitual: los indicios son falsos, las pistas confusas y los sospechosos inocentes. Incluso el robo de las joyas no es tal.

Ciertamente, es la historia más jocosa de las aventuras de Tintín, pues, con la intención de amplificar la confusión, Hergé se divierte multiplicando los equívocos, los lapsus y los malentendidos. Por todas partes reina la confusión, y el capitán, víctima de la cacofonía ambiental, no consigue mantener el rumbo en medio de las vocalizaciones de la Castafiore, las escalas de su pianista, las llamadas telefónicas y los garridos del loro.

Si en las aventuras precedentes la prensa escrita participaba en el relato aportando informaciones auténticas, aquí no persigue más que, con titulares llamativos, captar la atención de sus lectores más simples. ¡Incluso los inventos del profesor Tornasol fracasan! La presentación del Supercolor-Tornasol va a proporcionar a Hergé la oportunidad de realizar algunas imágenes dignas del pop-art, al que tan aficionado era. Jamás, en las aventuras precedentes, Hergé se había divertido tanto a la hora de representar a sus personajes haciendo muecas, gritando o llorando hasta deformar su línea clara.

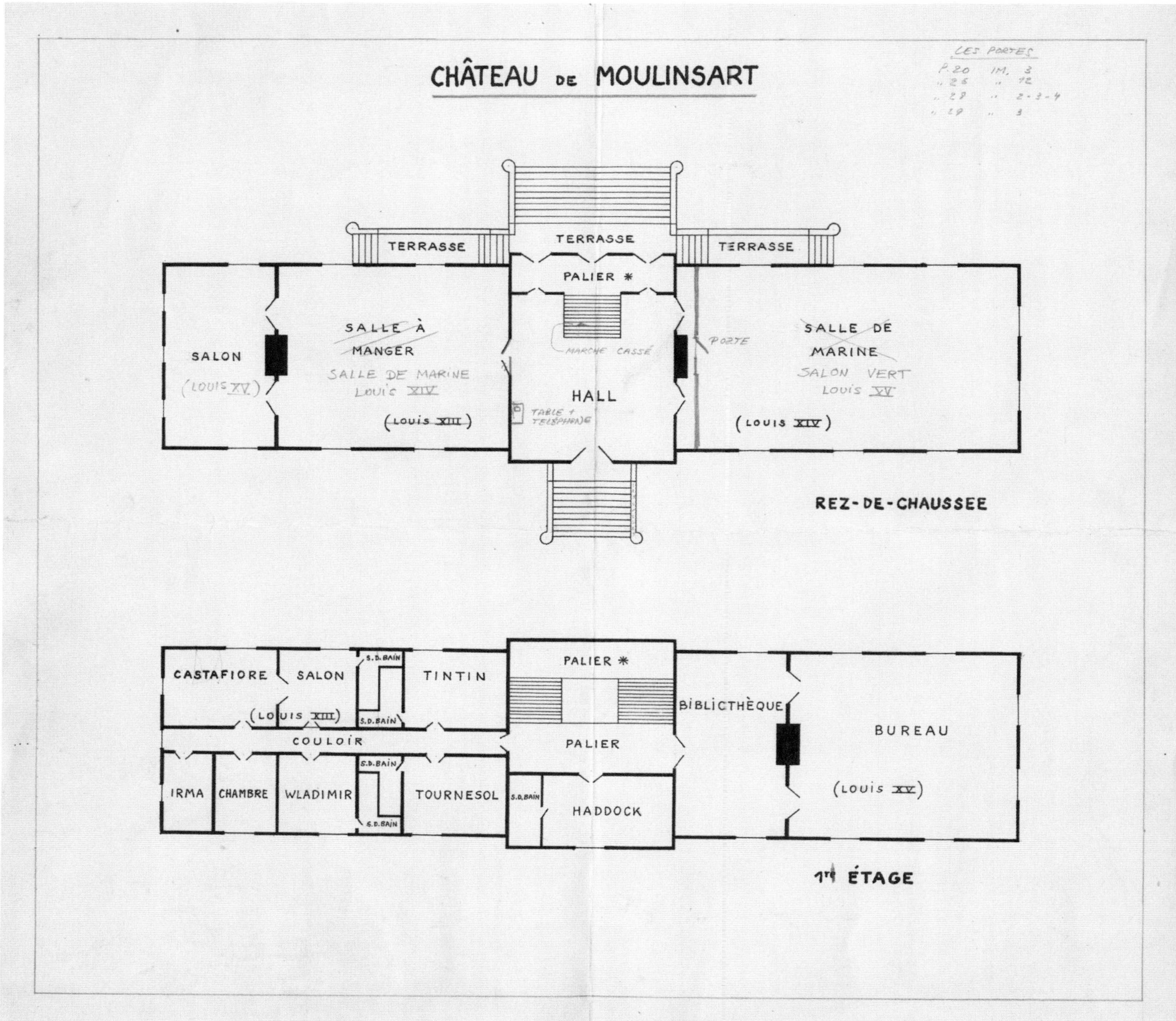

Este plano de la planta del castillo de Moulinsart está fechado en el momento de la realización de *Las joyas de la Castafiore*.

UN *HUIS-CLOS* EXIGE un decorado preciso y minucioso. Hergé también pide a sus colaboradores que dibujen con exactitud los planos de la planta baja y del primer piso del castillo. Es la primera vez que se fija la distribución de las diversas estancias. De hecho, el lector atento ya había advertido algunas incoherencias en la configuración de las salas que aparecían en *El secreto del Unicornio*, un aspecto que había convertido en muy complicado el trabajo de los maquetistas amateurs que se habían lanzado a realizar modelos a escala reducida del edificio. Estos nuevos planos indican con precisión dónde se sitúan las habitaciones en las que se hospedan los protagonistas, al tiempo que se nos revela que el pianista, al menos durante un tiempo, se llamará Wladimir. De hecho, cuando apareció por primera vez en la limusina de la diva en *El cetro de Ottokar*, Hergé aún no le había encontrado el nombre; en los cuadernos de esbozos, con frecuencia es llamado Monsieur Casimir. Solo más tarde será bautizado, con una cierta ironía, como Igor Wagner, pues este hombrecillo gris al piano no tiene ni la envergadura de un Stravinsky ni el halo épico de un Richard (Wagner).

LAS PLANCHAS DE LA VIGESIMOPRIMERA aventura de Tintín, *Las joyas de la Castafiore*, se publican simultáneamente en Bélgica en la revista *Tintin* y en *Kuifje*, del 4 de julio de 1961 al 4 de septiembre de 1962; en Francia aparecen en la revista *Tintin* del 20 de julio de 1961 al 20 de septiembre de 1962. Los lectores de la revista tienen que armarse de paciencia, ya que solo tienen derecho a una única plancha por semana, que se coloca en la última página del semanario, como si la redacción desease guardar lo mejor para el final. Cada entrega va encabezada por una franja con el título del álbum y una

Plancha 40 de *Las joyas de la Castafiore* publicada en la revista *Tintin* n.º 14 del 3 de abril de 1962. La mala calidad del papel y las técnicas de impresión de la época no siempre hacían justicia al trabajo de los coloristas.

pequeña frase que anuncia la secuencia de la semana. Más allá del resumen de las peripecias precedentes, estas pocas palabras son, con frecuencia, un guiño cómplice del autor a sus lectores, una manera de invitarlos a reunirse alrededor del fuego de campamento para escuchar a Zorro Curioso –el apodo de Hergé en su época de boy-scout–, que va a contar una de sus historias durante la noche.

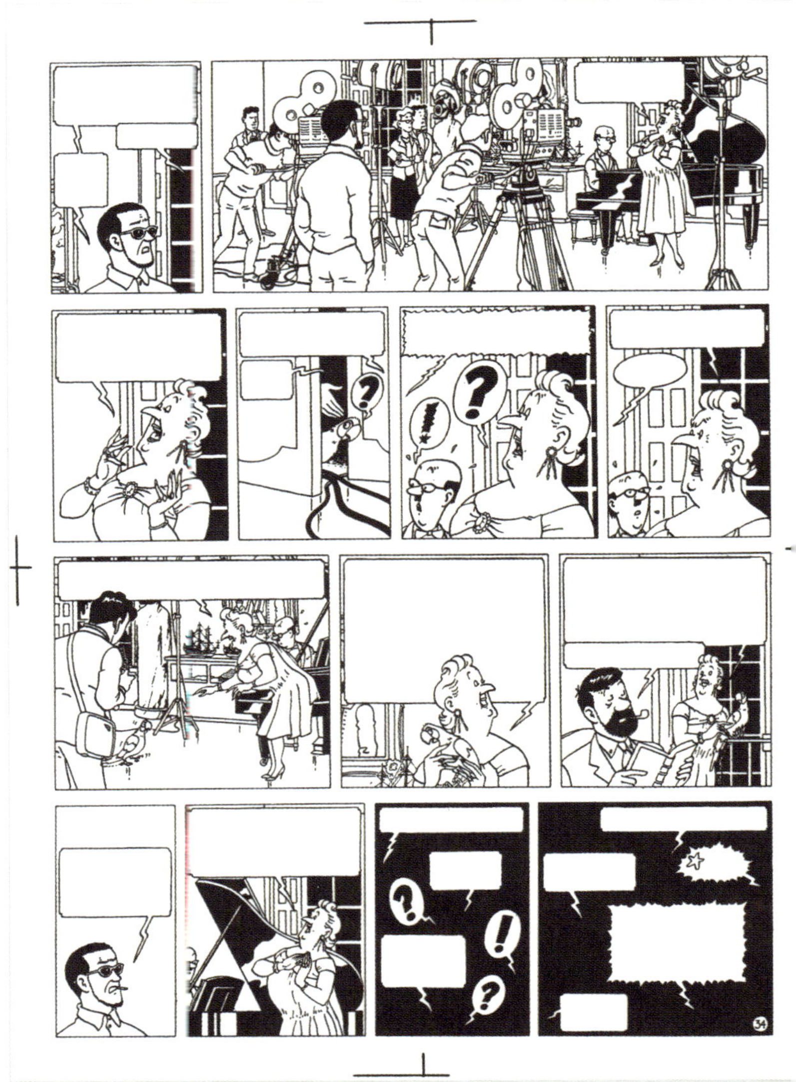

En estas dos páginas: la impresión en azul para colorear la plancha 34, el trazo sobre film transparente, la impresión en azul para la rotulación, y finalmente, la superposición de los tres elementos.

LA VERSIÓN DE *LAS JOYAS DE LA CASTAFIORE* que se presenta en las páginas que vienen a continuación ha sido realizada a partir de las planchas impresas en azul para colorear destinadas a la publicación en la revista *Tintin*. De hecho, desde que Hergé ha formado un equipo de colaboradores a su alrededor, se ha acostumbrado a colorear cada episodio dos veces: primero para la aparición por entregas en la revista y luego, tras la corrección de algunos dibujos, para el álbum.

Para facilitar el trabajo de los coloristas, las imprentas Casterman habían desarrollado un procedimiento particular, la «impresión en azul para colorear». Edgar P. Jacobs lo aplicó a las planchas de Hergé desde 1942. Consiste en un tiraje de la plancha original donde el trazo de la tinta china es impreso en azul –de ahí su nombre–, ya que esta tinta «desaparece» en la impresión. Esta impresión en azul es, a continuación, pintada con gouache o con acuarela. Una vez coloreada, constituye una obra original, al igual que las planchas o los bocetos a lápiz. El dibujo con tinta china es también impreso en negro sobre un film transparente que los coloristas pueden superponer a la impresión en azul con la que trabajan, a fin de controlar, en todo momento, la calidad de su trabajo.

Elaboradas con este procedimiento, las planchas de *Las joyas de la Castafiore* dormían, desde hace más de sesenta años, en los archivos de los Studios Hergé.

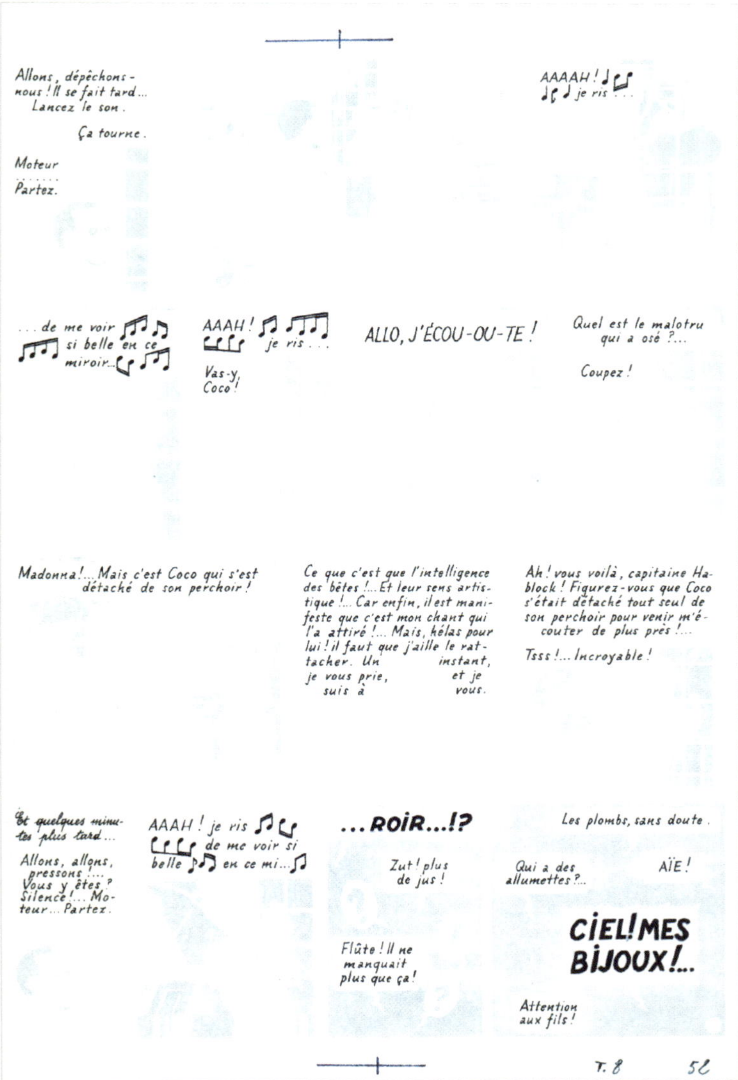

ALLO, J'ÉCOU-OU-TE

ESTAS IMPRESIONES EN AZUL para colorear han sido objeto de una minuciosa restauración que nos permite hoy presentarlas con su brillo primigenio. Así se realza el dibujo, lo que da una versión más fresca y más fiel a los colores originales, distintos de aquellos que aparecieron en la revista *Tintin*, que, con frecuencia, sufrían errores de encaje y de una mala calidad del papel.

En la edición original francesa –realmente exclusiva en más de un sentido–, la caligrafía de los textos y de las onomatopeyas son fruto del trabajo excepcional de Arsène Lemey, quien, en esa época, realizaba todas las rotulaciones de los álbumes a tinta china. Formado en la escuela Saint-Luc, en Tournai, donde había seguido los cursos de grafismo de la sección Arte y Decoración, este genuino miniaturista, a menudo ignorado, fue presentado a Hergé por su editor Casterman. El dibujante le proporcionaba los textos mecanografiados con la numeración correspondiente a las viñetas de las planchas, así como un juego de impresiones en azul –las mismas que destinaba a los coloristas–. Arsène trazaba entonces, minuciosamente, con la ayuda de una pluma tubular, los diálogos de los álbumes.

CIEL! MES BIJOUX!...

Al inicio de *El asunto Tornasol*, Tintín lleva un reloj de pulsera en la muñeca izquierda, por primera vez en su carrera. Lo llevará siempre en *Stock de Coque* y en *Tintín en el Tíbet*. En la versión inicial de *Las joyas de la Castafiore*, Hergé, sencillamente, se olvida de dibujarlo. Con una única excepción: el reloj aparece en la página 44, para desaparecer inmediatamente después. Tintín recuperará este accesorio cuando la aventura se edite en álbum.

En la primera versión, a la izquierda, Haddock telefonea al marmolista, mientras que Néstor se masajea la pierna tras su enésima caída por las escaleras. Valorando que la simultaneidad de las dos acciones es una fuente de confusión, Hergé desdobla la viñeta, de forma que incorpora una sucesión cronológica de los hechos. De esta manera, para el lector, el capitán llama al señor Boullu porque Néstor acaba de caer.

Para la versión del álbum, a la derecha, Hergé «coloca su cámara» a ras de suelo, lo que aporta la ilusión de que el capitán baila sobre el borde inferior de la viñeta. He aquí una ocasión de admirar el sentido innato del artista a la hora de encuadrar y componer.

DESPUÉS DE *EL TEMPLO DEL SOL*, la primera aventura publicada en la revista *Tintin*, casi todos los episodios han conocido, al menos, dos versiones, ya que Hergé se ha acostumbrado a modificar todos los relatos con la intención de presentar la versión más acabada y pulida en esa exquisita obra final que constituye el álbum. Lo mismo ocurre con *Las joyas de la Castafiore*; la primera versión realizada para la revista *Tintin* difiere considerablemente de la que Hergé va a preparar para la edición definitiva.

Así, el reloj que Tintín lleva en la muñeca desde *El asunto Tornasol* desaparece de golpe, de igual manera que los soberbios parterres de flores del castillo de Moulinsart. El sentido de apertura de la puerta de entrada, con sus dos batientes, ha sido modificado, igual que ciertos elementos, tanto del decorado como de los personajes, han sido añadidos en varias escenas grupales. Descubrir estas diferencias se convierte en un verdadero juego de pistas, ya que abundan los ejemplos.

Anuncio aparecido en la revista *Tintin* n.º 23 del 6 de junio de 1961.

Anuncio aparecido en la revista *Tintin* n.º 24 del 13 de junio de 1961.

Anuncio aparecido en la revista *Tintin* n.º 25 del 20 de junio de 1961.

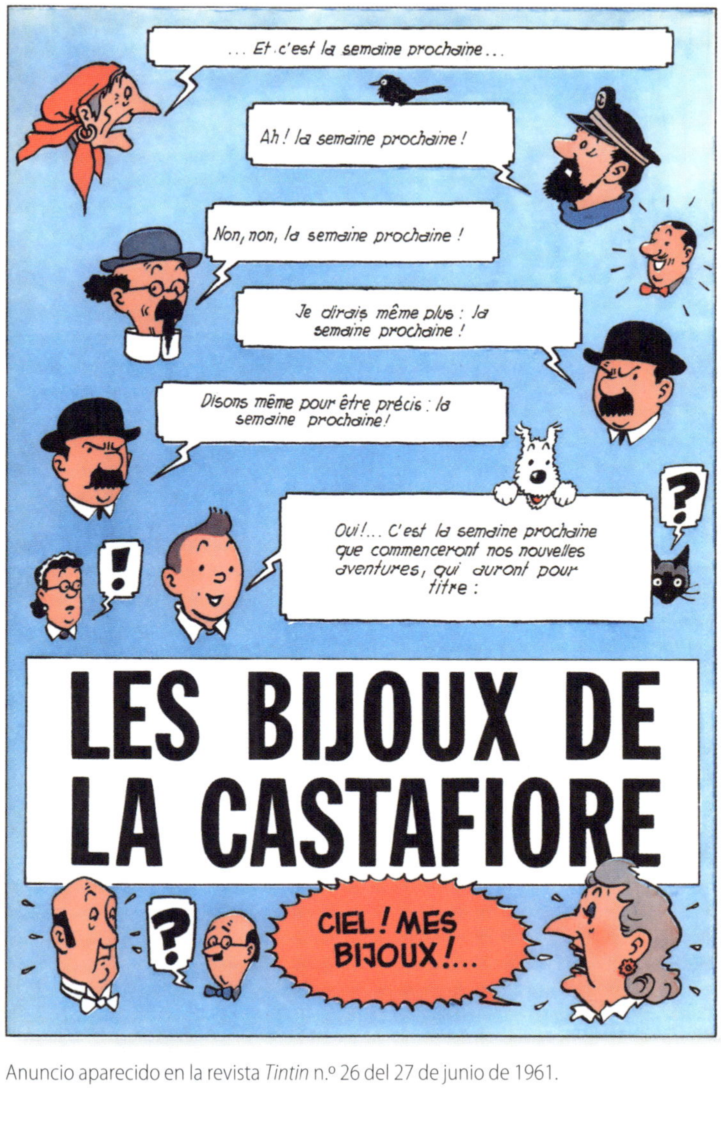

Anuncio aparecido en la revista *Tintin* n.º 26 del 27 de junio de 1961.

Boceto para el anuncio aparecido en la revista *Tintin* n.º 26 del 27 de junio de 1961.

PARA ANUNCIAR *Stock de Coque*, Hergé propone un enigma en cinco dibujos reservado en exclusiva para la edición francesa de la revista. Siguiendo esta misma idea, el autor prepara a los lectores para la próxima aparición por entregas de *Las joyas de la Castafiore* en la revista *Tintin*. Así, durante cuatro semanas, presenta unas viñetas donde una anciana, que adivina la buena ventura, lee el futuro en la mano de Haddock, que se muestra incrédulo. Pero el capitán ya está avisado: le van a ocurrir cosas extraordinarias.

HERGÉ BUSCA UNA ILUSTRACIÓN para la portada de la revista. Esboza, de entrada, una alegoría, en el centro de la cual coloca a la cantante proclamando su, en breve, famoso «¡Cielos! ¡Mis joyas!»; está rodeada de personajes que están corriendo en todas direcciones tras las piedras preciosas desaparecidas. Tres elementos aparecen inmóviles en medio de este tumulto: el castillo, una caravana y un loro en una jaula. El gancho no puede ser más claro: «En este número, las nuevas aventuras de Tintín: *Las joyas de la Castafiore*.»

Sobre la misma hoja de papel, Hergé dibuja una segunda propuesta. En esta ocasión, es la cabeza de Tintín en primer plano, todo sonrisas, la que está en el centro de la composición, y se dirige al lector: «¡He vuelto! En *Las joyas de la Castafiore*». Es la primera vez, en el universo creado por Hergé, en que el personaje sale de su rol para convertirse en narrador de su propia historia.

El dibujante escoge esta opción para ilustrar la portada de la revista que inaugura el nuevo relato. En el centro de una tela recubierta por grandes pinceladas de gouaches multicolores, la cabeza de Tintín aparece fijada como una máscara. Su sonrisa ha perdido la malicia que se descubre en el dibujo a lápiz; a su alrededor, como satélites, orbitan las cabezas transparentes de los protagonistas. Sin duda, ¡esta aventura no se parecerá a ninguna otra!

Pruebas gráficas para la portada de la revista *Tintin* n.º 27 del 4 de julio de 1961.

Portada de la revista *Tintin* n.º 27 del 4 de julio de 1961.

En los primeros proyectos de cubierta para el álbum, Hergé destaca la improbable pareja formada por Bianca y el capitán.

MÁS TARDE, CUANDO HERGÉ empieza a reflexionar sobre la cubierta del álbum, dibuja a lápiz, en el reverso de las planchas, algunos proyectos en los que se percibe su intención de presentar esta aventura como una obra de teatro. En un primer borrador, esboza el telón de un escenario que se abre sobre la Castafiore, quien lleva a Haddock en su silla de ruedas mientras Tintín es relegado a un segundo plano, como Tornasol y el fotógrafo. Juzgando que Tintín está poco presente en esta propuesta, la cambiará, pero conservará la ilustración para la primera página del álbum. Es precisamente este dibujo el que hemos seleccionado para ilustrar la cubierta de esta edición exclusiva de *Las joyas de la Castafiore*.

Cuando en 1963 aparece el álbum de 64 páginas, Hergé sitúa a Tintín, como siempre ha hecho hasta entonces, en primer plano, restableciendo de ese modo el equilibrio. Es él quien conduce y hace avanzar la intriga. Poniéndose un dedo sobre los labios para imponer silencio, invita al lector a entrar en el álbum para que así pueda asistir a la comedia. En el centro, la Castafiore, con un llamativo vestido rojo, y a su alrededor, un halo de luz. El escenario está listo, y promete una embrollada intriga policial donde, para que progrese el relato, se sucederán las confusiones y los malentendidos más hilarantes.

Ces bijoux ne se sont certainement pas envolés !

Estamos en Moulinsart. Para Tintín y Milú y para el capitán Haddock, los paseos por el verde campo han reemplazado la persecución del Abominable Hombre de las Nieves.
¡Qué maravilla! ¡La primavera, el mes de mayo...! ¡La naturaleza en todo su esplendor!
El trino de los pájaros... Las flores silvestres... con sus perfumes... ¡Ese buen olor a tierra húmeda!... Respira hondo, Tintín. Llénate los pulmones de este aire puro y vivificante, fino, ligero, burbujeante, que te da ganas de bebértelo...
?
Le diré, en cuanto al perfume, que no se huele precisamente a flores.
¡Anda, es verdad!
Bueno, es que estamos bordeando este infecto vertedero donde desparraman todos los detritos, residuos y basuras de la región.
¡Vaya! Parece mentira que haya gente que se sienta atraída por este mal olor.
¡Son gitanos!
Esos zuavos no tienen sentido de la higiene.
¡Calle!... ¡Espere! Me parece oír llorar a un niño.
1

GUE...GUE...
Es una gitanilla.
GUE... GUE... GUE...
Se habrá alejado del campamento que hemos visto...
Hola. ¿Por qué lloras? Dime, pequeña: ¿te has perdido?
?
Vamos, no temas. ¿Cómo te llamas? Yo me llamo Tintín. ¿Y tú?
¡Contesta de una vez, niña!
Y deja de temblar. ¡Truenos y rayos! Que no te vamos a comer.
No, no, capitán.
¡AYYYY!
¡AYYYY!
¡ÑANG!
¡Mil millones de mil naufragios!
¡Especie de pequeña tigresa...! Ya verás si te pillo...
¡Hay que ver, me ha hecho sangre, esa diablilla!
Es verdad, pero usted la asustó.
GUAU... GUAU...
Bueno. ¿Qué pasa ahora?
?
GUAU... GUAU...
¡Oh! ¡Pobre niña!
¿Pobre niña?
GUAU... GUAU...
2

¡Dios mío! Ha tropezado con unas zarzas y se ha dado de cabeza contra esta raíz.
¿Te has herido? No, veo que no sangras. Quizá te salga un chichón, pero eso no ha sido nada...
¡Pobre cría!
Vamos, no tengas miedo. Te llevaremos con tus papás. ¿Puedes levantarte?
¡KILIKILIKILI!
¿Estás bien?
Unos minutos después...
¡Mamá!
¡Miarka!
¡Mira que gustarle a esta gente vivir en medio de basura!
¡Vamos!
Buenos días a todos.
La encontramos en el bosque. Seguramente se había perdido. Cuando nos vio... Ejem... Huyó. Pero más allá se dio de cabeza con una raíz. Y aquí la tienen ustedes.
Tú, hombre generoso, yo te diré la buenaventura. Pon dinero en tu mano y verás...
No, no, gracias... Ni hablar...
Y... ejem... Quizá sería prudente, para mayor tranquilidad que la viese un médico.
¡Un médico! Sin duda cree usted que nos sobra dinero para pagar a un médico.
Oye, señor... Yo te diré la buenaventura. Pon un poco de dinero en tu mano.
No, no. Suélteme, por favor.
OOOOOHHH
Bueno. ¿Qué? ¿Qué pasa?

¡Un mordisco!
Si esto es todo lo que tiene que contarme, yo también le puedo decir a usted la buenaventura.
Ten mucho cuidado... Si no, ¡accidente!... Pero no grave. Pronto un nuevo coche para ti... ¡OOOHHH! Yo veo una bella dama extranjera... Te visitará... ¡OOOHHH! Tiene magníficas joyas y ¡OOOOHHHH! ¡Qué desgracia!
¿Otra?
Las joyas: perdidas, desaparecidas. Han volado... Pon un poco de dinero en tu mano y yo te diré aún muchas cosas.
No, no, con esto me basta. Suélteme la mano.
¡Un poco de dinero, por favor...! Si no, ¡gran desgracia...! adiós las joyas...
Yo también adiós. Se acabó. Basta ya de buenaventura.
Bueno, hasta la vista y cuiden bien a este angelito. ¡Ah!, y un consejo: vayan a acampar fuera de este vertedero; es muy insano y...
¡Conque el señor se imagina que este lugar lo hemos escogido nosotros...! El señor se figura que nos encanta vivir entre basuras...
Yo creía que...
Cállate, Mateo. Déjame hablar a mí con este payo.
¿Un payo, yo?
Es así como nosotros llamamos a los que no son gitanos. Mire, nosotros llegamos aquí ayer con un hombre enfermo y la policía solo nos ha permitido acampar en este lugar
¡Ah! ¡No me diga!
Bueno, pues, ¡mil truenos! ¡Yo les aseguro que van a instalarse en otro sitio...! Tengo un prado magnífico cerca del castillo, a la orilla de un riachuelo. Pueden ustedes venir cuando quieran.
Es indignante que se oblige a seres humanos a vivir en un lugar semejante.
Ha hecho usted muy bien invitándoles.
?
!
¡BUUM!
4

¡Pobre Silvestre! ¿Nada roto?
Sí, sí, un pedazo de varios centímetros, ¡por lo menos!
Este peldaño del demonio todavía sin arreglar. ¿Cuándo vendrá ese marmolista?
Le he telefoneado varias veces, señor. Cada vez promete venir, pero...
Bueno, yo voy a enseñarte cómo hay que hacerlo.
¿Oiga? ¿Oiga? ¿El señor Boullu...? ¿Cómo? ¿Que no es el señor Boullu?
No, señor, es la carnicería Sanzot. Aquí... Sí, señor... No, señor... De nada, señor...
DIPLOM
CLAC
¿Oiga? ¿Es el señor Boullu?
Sí... ¡Ah! Sí, señor... Sí, ya sé... Yo... Sí, he estado agobiado de trabajo y... Sí, es muy fastidioso... ¿Cómo? ¡Ah! Sí, es un peligro... Sí, sí... ¿Cuándo? ¡Ah! Sí, pues, iré a su casa... ejem... mañana. Sí, mañana a primera hora... Cuente conmigo... Hasta la vista, señor.
¿Ves? Así es cómo se obtiene un resultado... Un poco de firmeza, ¡qué diablo...! Estará aquí mañana por la añana ¿lo has oído...?
Dios le oiga también, señor.
¡Ah! Y ahora el aperitivo, los paseos al aire libre dan sed... ¿Buenas noticias, Tintín?
Chang me escribe desde Londres: está bien y le envía cariñosos recuerdos.
¡Qué amable es Chang!
Sí... Y otra carta firmada. ¿A que no adivina por quién? Bianca Castafiore...
¡Bianca Castafiore...! ¡Je, je, je! El querido ruiseñor milanés...
AAAAAAA YO RÍO
PLOUCH
de verme tan bella en este espejo
Vaya, vamos a tener tormenta...
¿Y qué nos anuncia esta encantadora criatura?
No, parece que se ha calmado...
¡Nos anuncia que llegará aquí mañana!

¿La Castafiore? ¿Mañana? ¿Aquí...? ¿Es una broma...?
Lea usted...
Joven amigo: hace mucho tiempo ya que... blablabla... dos recitales en su país... blablabla... huir de los periodistas... blablabla... ¿Puedo sin cumplido alguno (tú lo has dicho)... invitarme al castillo de Moulinsart...? Blablabla... Llegaré el 17... ¡Mil millones de mil naufragios!
¡La Castafiore aquí...! ¡Cataclismo! ¡Catástrofe! ¡Calamidad!
Ejem... Hay una posdata cariñosa para usted...
Mil recuerdos para el capitán Bartock.
¡Haddock, señora Castafiore...! ¡Haddock, mil truenos!
¡NÉSTOR!
¡Voy, señor!
Néstor, haz mi equipaje en seguida... tengo que salir antes de una hora.
Bien, señor.
No, es inútil que insistas, levo anclas.
BUUUM
Ejem... Ha sido este peldaño, señor...
Pero bueno, truenos y rayos, tú bien sabías que estaba roto el peldaño... Me mato diciéndoselo a todos de mil maneras...
DONG
Ejem... Sí, señor. Han llamado, señor.
Deja, yo abriré. Prepara mi equipaje.
Lástima que se vaya; la Castafiore y él hubiesen echado chispas.
MIAU
Un telegrama para ti, Tintín. ¿Quién sabe? Quizá es Bianca Catástrofe que no puede venir.
¿Qué dice...?
Precisamente es suyo.
6

Mil excusas. Stop. No podré ir...
¡Magnífico...!
¡HURRA!
!
¡Canastos! No debía haber salido sin paraguas...
¡No viene, compañero! Tralalalá...
Sí, el buen tiempo no podía durar...
Pero...
¡Néstor... Néstor...! Deja el equipaje... Stop... No me marcho.
Capitán, que sigue...
Ejem... Bien, señor.
Mil excusas. Stop. No podré ir el 17. Stop. Llegaré el 16. Stop. Saludos. Firmado: Bianca.
¿QUÉ?
¡El 16... el 16...! Pero si es hoy el 16...
Precisamente, capitán.
?
!
¡Zafarrancho de combate! ¡Todo el mundo en el puente y sálvese quien pueda!
¿Adónde va?
Pues no sé, a cualquier parte. A Milán, por ejemplo. No me he atrevido nunca a ir para no encontrar a este ciclón ambulante.
Pero...
¡Néstor... Néstor! ¡Mis maletas... en seguida!
BA DA BAM BUM
?
¡Dios mío, capitán!
¡Mil millares de mil millones de demonios...!
7

Esta escalera, truenos y rayos... Este endemoniado demonio de escalera... ¡Ay! Si tuviese a mano a ese cebollino de marmolista...
¿No se ha roto nada?
Afortunadamente, no; pero hubiese podido ser muy bien un esguince.
¡AUUYYY!
Es un esguince, amigo. Con rotura de ligamentos.
?
Vendré mañana para enyesarle.
¿Enyesarme...? ¿Por un esguince? Pero doctor, si salgo hoy mismo para Italia.
¡Ni pensarlo! Yeso y reposo absoluto durante quince días. ¡Y ha tenido suerte de no romperse una pierna!
¡Ah! Y un consejo: arregle esta escalera porque otros pueden tener menos suerte que usted. Hasta mañana.
Hasta mañana, doctor.
¡Que yo tengo suerte! ¡Ja, ja, ja!
CUCU
!
¡!
Hola, capitán Kappock... ¡Oh, estoy encantada de volver a verle!
¿Co... cómo entró usted aquí?
¡Por la Madona! ¿Qué le ha pasado?
Un esguince. Pero ¿cómo ha entrado usted aquí?
En el momento en que llegábamos, Tintín acompañaba a un señor; no nos ha hecho falta llamar.
¿Cómo "nos"? ¿Son varios?
Pues claro. Irma, mi camarera, viaja siempre conmigo.
Y también mi pianista acompañante Igor Wagner, que forzosamente ha de seguirme siempre. ¡Ji, ji, ji!
8

Permítame, señora, que le presente a nuestro viejo amigo el profesor Tornasol.
¡Oh! ¡Encantada...! ¡Encantadísima de conocer a un hombre que ha hecho tan notables ascensiones en globo!...
CLAC
Mis respetos, señora; me alegro extraordinariamente de conocer a una gran artista, una artista incomparable, una artista que...
Profesor, usted me hace sonrojar.
Así lo espero, señora. Tintín me ha hablado de sus cuadros, en los que la gracia de la línea se aúna a lo atrevido del color. Lo mejor de sus retratos creo que es el parecido extraordinario...
Néstor, acompaña a la señora a su habitación.
Bien, señor...
Con mucho gusto... Pero antes, ¡Irma! ¿Dónde está la... ejem, la cosita para el capitán Kodack?
En el taxi, señora. Voy por ella.
Pensé, ejem, yo me dije que un viejo lobo de mar debía sentirse muy solo en su barquichuela... Sí... sí...
Ejem, es usted muy amable, pero...
Por eso se me ocurrió regalarle...
Aquí está, señora.
... este loro de las islas que será para usted el más fiel de los compañeros.
¡Qué sorpresa! ¡Qué encantadora sorpresa! ¡Nada podía gustarme tanto!
¡Estaba segura!
Toma, Irma. Cuélgala de su percha.
Bien, señora.
Yo no puedo soportar a estos bichos que hablan.
Han descargado el equipaje. Se han instalado aquí. ¡A trabajar, Gino!

Se llama Coco, un nombre típicamente italiano, y es tan cariñoso... ¿Verdad que tú quieres ya al bueno del capitán Mastock...?
Acaríciele sin temor, capitán, no le haría daño ni a una mosca.
¡KILIKILIKILI!
¡Es maravilloso! Ya lo ha adoptado. ¡Ah, los animales tienen un instinto infalible! Conocen inmediatamente a las personas que les quieren.
¿Usted cree?
¡CRO!
¡AAYYYY!
¡Mil millones de mil millones de naufragios! ¡Especie de caníbal! ¡Bachibuzuc!
Digaaa... Le escucho...
Por favor, capitán Kosack, no diga cosas feas. El pobrecito sería capaz de repetirlas. Enséñeme usted el dedo.
¡CRO!
No ha sido nada. Una pupita de nada. ¡Irmaaa!... Tráigame el botiquín, por favor.
Aquí está, señora... y... esto.
¡Ah, es verdad! Me olvidaba. Mi querido Tintín, permítame que le ofrezca este regalito.
?
¡Ya está! Una muñequita para consolar al pobre marino...
¡El Aria de las Joyas!
Se lo agradezco infinito, señora. Es muy amable de haberse acordado de mí.
De nada, de nada... Pensé que le recordaría nuestro primer encuentro en Syldavia... ¿Recuerda?
¡Claro! Si fue allí donde le oí cantar por vez primera el Aria de las Joyas del "Fausto".
¡Ah, sí! El Aria de las Joyas que...
¡CIELOS... MIS JOYAS!
10

¡Aquí, señora, aquí! Yo tengo el maletín.
¡Dios mío! Es verdad. ¡Ay, respiro...!
Bueno... Bien, amigo mío, si hace usted el favor de guiarme a mi habitación...
Cuando guste la señora...
¡Ah! Me olvidaba... Probablemente los periodistas me asediarán incluso aquí; por favor, no deseo entrevistas, ni reportajes, ni fotos, ni nada. He llegado a su casa de incógnito y deseo mantenerlo.
Entendido, señora.
Señora, me permito indicarle que el cuarto escalón está roto.
Ya veo, amigo, ya veo...
Es aquí, señora...
¡Precioso!
¡Qué encanto tienen estos viejos muebles...! Esta cama con baldaquino... de estilo... ejem... ¿Es Enrique XV, verdad...?
Luis XIII, señora.
Sí, eso es lo que quería decir, claro.
DONG
Perdone, señora: han llamado
Vaya, amigo, vaya...
¡Aún más gente, canastos!
¡Qué desgracia... el peldaño!
¡A esto le llamo yo corregir la situación!
!
11

Le instalo el teléfono aquí, así podrá...
Gracias, Tintín. Eres muy amable.
Señor... ahí fuera... hay toda una caravana de gitanos; dicen que el señor les dijo que viniesen a instalarse junto al castillo...
Así es, Néstor. ¿Puedes acompañarlos al prado que hay junto al arroyo?
Pero, señor. El señor me perdone..., esa gente son maleantes y compañía. Van a causarle disgustos...
¡Disgustos!
¡Como si aún pudiese tener más disgustos! Ve, Néstor, y atiéndelos.
Pero... yo... ejem... Bien, señor...
¿Quiere que vaya yo, capitán...? ¡Néstor tiene tanto que hacer en la casa!
Bueno...
¡¡Mira que invitar a los gitanos a su casa!!
¡Qué locura! Parece que el señor se ha dado un golpe en la cabeza y ha perdido el juicio...
BUUM
¡Mil rayos, es el escalón...! ¿Tan difícil es andar con cuidado?
RIIIING
¿Diga...? Sí, yo mismo... ¿Quién...? ¡La comisaría! ¿¿¿Cómo???
12

Mire, capitán, me informa mi gente de que los nómadas que acampaban cerca de la carretera se han mudado... Parece ser que usted los ha invitado a su casa... ¿Qué me dice?
Que es verdad, comisario. Encuentro inadmisible que se obligue a esta buena gente a acampar en un vertedero. Y como tengo un prado que...
¡Digaaa...! Le escucho...
¿Me escucha...? Pero yo también le escucho... ¡Oiga...! Ejem... Bien, puesto que usted me escucha, sepa que comprendo su iniciativa, capitán. Se debe a sus buenos sentimientos, pero... ¿Cómo silencio...?
¡No, no le hablaba a usted!... Era a un loro que... ¿Te callas o no, especie de...?
¡Digaaa...! Le escucho.
¡Ah, bueno...! ¿Sigue hablando usted con el loro...? Bueno..., volviendo a los nómadas, haga lo que guste. Yo ya le he avisado. Pero tendrá que arreglárselas solo si esta gente le causa disgustos.
¡Disgustos...! ¡Ja, ja!... Me ha mordido una salvajilla, luego un loro... Me he hecho un esguince... Ha llegado la Castafiore con su Irma y su especie de Beethoven... Y aún dicen que voy a tener disgustos... ¡Ja, ja, ja...!
Mientras tanto...
Misión cumplida, ya están instalados.
¡Detesto a estos payos...! Hacen ver que nos ayudan, pero en el fondo de sus corazones nos desprecian...
¡Estos no, Mateo, estos no!
¡GRRR! ¡GUAU! ¡GUAU! ¡GRRR!
¡Vaya! ¿Qué le pasa a Milú? Que husmea como un sabueso...
¡GUAU! ¡GUAU! ¡GRRR! ¡GRRR!
¡Ven aquí, Milú!
?
¡GUAU! ¡GUAU!
¡Alto! ¡Paren! ¿Quiénes son?
¡GUAU! ¡GUAU!

Escapan por la brecha... Por la brecha de la pared.
¡GUAU!
BROMM
¡Un auto!
¡GUAU!
!
¿Qué será esto...? ¿Qué haremos...? ¿Hablarle al capitán...? No, más vale que no... ¡El pobre tiene ya bastantes disgustos...!
RIIIING
¡Diga... diga... diga...! Le escucho. ¡Diga!
?
¡Riiiing! ¡Riiiing! ¡Riiiing!
¡KRRTCHMVRTZ!
¡Cielos, mis joyas!
... y mis joyas, Irma, las dejo guardadas en este cajón...
... Y la llave de este cajón, la escondo en el jarrón que está encima de este mueble. Haga un esfuerzo por acordarse.
Sí, señora.
Bueno, capitán, nuestros gitanos están ya instalados y muy satisfechos en su nuevo campamento.
Me alegro mucho.
¡Digaaa...! ¡Le escuucho...!
¡Este loro va a volverme loco...! Suerte que pronto será la hora de ir a dormir y no lo veré en toda la noche.
¿¿No??
Y aquella noche...
¡AH! YO ME RÍO...
HI-I-I-I-I
!
14

¡Ah, Madona...! ¡Madona...!
¿Qué ocurre?
En la ventana de mi habitación hay un monstruo...
¿Un monstruo?
Pero si no hay nada absolutamente, señora.
Pues le aseguro que he visto un monstruo, un fantasma... No sé, he oído un grito prolongado, lúgubre, y he visto unos ojos que brillaban como los diam...
¡CIELOS, MIS JOYAS...! ¡IRMAAA! ¡MIS JOYAS!
No, no, señora; están en su sitio.
UUH-UUH-UUH
¡Dios mío, ese grito...!
Es el del monstruo, escuche...
¿Eso? Pero si es un ave nocturna, una lechuza o un búho...
¿Está seguro...? ¿Y los pasos en el techo?
¿Pasos en el techo?
Sí, he oído caminar en el piso de encima. Los pasos de un hombre, sin duda alguna.
No puede ser, señora; aquí encima está el desván y nadie lo ocupa.
Pues yo le aseguro que...
No tema usted, señora; vuélvase a dormir tranquila y para más seguridad cierre la ventana de su habitación.
A la mañana siguiente...
Vamos a dar una ojeada al pie de la ventana de la señora Castafiore.
¡Mira, es aquí!
¡Vaya, vaya, vaya...!
15

¡Huellas de pasos...! ¡Y precisamente bajo sus ventanas...! ¿Será verdad lo que contó...?
¿Esta hiedra...?
No, no soportaría el peso de un hombre... ¿Quizá de un niño...? Pero entonces se verían huellas de escalada... Además, estas huellas son ciertamente de un adulto...
Pero ¿de qué adulto...? ¡Aquí está el quid de la cuestión...! ¿Alguien del castillo...? ¿Uno de los intrusos que vi ayer...? ¿Un gitano?
Ven, Milú. Daremos una vuelta donde los gitanos.
Si se ven huellas, en el barro se verán mejor; busquemos donde abrevan sus caballos.
No, nada que se parezca a las huellas de antes.
PLUF
?!
¡GUAU! ¡GUAU!
?
?
?
Vamos, Milú. No es aquí donde averiguaremos quién nos ha hecho esta bromita.
¡Ya se ha ido...! ¡Ja, ja! No me gusta su modo de venir a fisgonear alrededor de nuestro campamento...
¡Vaya! ¡Vaya...! Conque es ese tipo quien ha echado la piedra al agua... ¿Por qué?
De todos modos, no hemos adelantado mucho... Vámonos, Milú,
Ese es el doctor que se va. Habrá venido para el yeso del capitán... Pero ¿de quién diablos será ese otro coche...?
16

Ahora lo veremos...
¡Caramba! ¡Buenos días, señor Latón!
¡Salud, jovencito!
Digaaa, le escuucho.
Pasaba por aquí para ir a ver a un cliente cerca. Y entonces, me dije: Serafín, esta es la ocasión para saludar al viejo pirata...! ¡Y mira cómo lo encuentro, a ese demonio de bromista! ¡Muy bueno lo del escalón...! ¡Ja, ja, ja, ja!
¡De todos modos, he hecho bien en venir! ¡Es providencial, Serafín Latón...! ¡Porque me estaba contando la señora lo que pasó anoche...! ¿Y sabes qué me ha dicho...? ¿No...? Pues agárrate fuerte...
¡Sus joyas, sus famosas joyas no están aseguradas! ¿Qué te parece...? ¡Es increíble! ¿No es cierto?
Y eso que valen millones, según dice. Entre ellas hay una... eso... una esmeralda, que le regaló, en la India, un tal... ejem... un... maharano-se-qué...
Un maharajá... El maharajá de Gopal...
¡Eso...! ¡Esa bagatela sola, ya vale una fortuna...! ¡Hay que ver lo que se gana cantando...! ¿Eh? Yo no tengo nada contra la música, pero, francamente, me gusta más la cerveza.
¡O sea, que esas joyas no están aseguradas...!, y le he dicho a la señora: "Hágame una lista de toda la quincallería..., y Serafín Latón se la asegura perfectamente."
Lo pensaré, señor Hojalata.
¡Nada! ¡Nada! ¡Ya está pensado...! Volveré en unos días con un proyecto de póliza. Hasta pronto, duquesa. Encan- tado.
... Y yo de ti, papanatas, haría arreglar ese peldaño cuanto antes.
Para que lo sepa, ya está avisado el marmolista y lo estoy esperando.
DONG
Probablemente es él quien llama.
¿Haddack, es aquí?
¡No: dock! Sí, es aquí ¿Qué desea?
MUDANZAS CRAC, Hnos.
V12277-7
17

Venimos a traer-
le el piano.
¿El piano?
¿¿El piano??
¿¿¿El piano???
¡Ah, sí, el piano...! He alquilado un piano para ensayar con el señor Wagner. Supongo que no le molestará...
¡De ningún modo...! ¡Al contrario...!
¡Bien! En ese caso, ¿y si lo pusiéramos aquí? Quizá le distraería un poco.
Yo... ejem... gracias, pero en la sala de marina estará mejor.
¡Muy bien...! Señor Wagner, ¿quiere encargarse de eso?
¡Un piano! ¡Mil truenos! ¿Por qué no una gramola?
Con mucho gusto, señora.
¿Es para ustedes el piano que han traído?
Sí, sí.
¡Cuidado! Tiene desatado el cordón del zapato...
¡Es verdad! Gracias.
!
RRRRING
¡Ay, ese loro!
RRRING
¿Diga...? Sí, yo mismo... ¿La revista "París-Flash"...? ¿Cómo...? ¿Qué dice...? ¿Una entrevista...? Yo... ejem... con mucho gusto...
¿Digaaa? ¡Le escuucho!
¡Aaah! ¡¡Una entrevista a la señora Castafiore...!! Yo... ejem... lo siento en el alma, pero la señora Castafiore me ha encargado que...
¿Me permite...? ¿Digaaa? ¡Le escuuucho...! ¿"París-Flash"?
?
Sí, la misma... Sí... ¿Una entrevista...? Con mucho gusto... Encantada. Cuando ustedes quieran... Muy bien... Eso es... Hasta mañana... ¡Ciao...!
Conque las huellas eran las del pianista... ¡Qué raro...!
18

¡Ah! Estos periodistas: ¡qué ralea...! ¡Es imposible evitarlos...! En fin, ya se sabe, es el precio de la fama...
Pero si me había dicho que nada de entrevistas...
Sí, pero "París-Flash" es "París-Flash", ¿comprende? No es como esa gente del "Tempo di Roma"... Esos groseros me faltaron al respeto una vez y nunca más les recibiré...
Y ahora voy a ensayar con Wagner... Le pongo a Coco más cerca de usted...
HA HA HA HA HA HA HA HA HA HA HA HA HA HA HA HA HA HA
¡Vaya, va a ser divertido!
RRRRING RRRING
Diga, le escucho...
¿Digaaa? ¡Le escuucho!
No, señora, no es la carnicería Sanzot... No, señora, se ha equivocado de número...
¡RRRING! ¡RRRING! ¡RRRING!
¡Cierra el pico, especie de vieja cotorra...!
¿Digaa? ¡Le escuucho!
HA HA HA HA HA HA HA HA HA HA HAA HUM HUM HAAAAAAA
¡Oiga! ¡No hace falta chillar así, señor...! Ni insultarme. Todo el mundo puede equivocarse. ¡Usted es un maleducado!
¡Pero si no la insultaba a usted, especie de catacresis...! Le hablaba a un loro que... ¿Oiga...?
¡Mil millares de mil demonios! No sé cómo me contengo...
POC
HA HA HA HA HA HA HA HA HA HA HA HA HA HA HA HA HA HA
¡Ese loro...! ¡Ahógalo, Tintín...! ¡Disécalo...! ¡O haré algún disparate!
¡Tintín, por lo que más quieras, haz algo por mí...! Encárgame una de esas sillas de inválido para que pueda pasear por lo menos. ¡Si no voy a volverme completamente loco...!
Está bien.
¡Vaya! Está ensayando ahora. Tendremos que esperar...
19

A la mañana siguiente...
Sí, ya sé... No se enfade... He tenido que terminar una losa funeraria: era urgente... ¿Cómo...? Sí, ¿qué en su casa también es urgente? Sí, ya lo sé... Oiga, estaré ahí mañana por la mañana a primera hora... Sin falta, sí.
Si no viene mañana por la mañana, aviso a otro.
¡Capitán...¡ ¡Capitán...!
¡Aquí está su nuevo coche de carreras!
¡Viva la libertad!
¡Guau! ¡Guau!
HA HA HA HA HA HA HA
¡Ah! ¡Por fin el silencio...! Y aquí está el bueno de Tornasol podando sus rosales.
Mientras tanto...
¡Ah! ¡"París-Flash"! Entren, caballeros, voy a avisar a la señora Castafiore.
Buenos días, Silvestre. ¿Trabajando ya, de buena mañana...?
Muy bien, gracias. ¿Y usted? ¿Y esa pupita...?
¡Bah, no es nada! Además, basta pensar que me hubiese podido romper una pierna, ¿no es cierto...?
¿Fresco...? A la sombra quizá, pero al sol ya hace calor.
¿Sabe usted, mi querido amigo -pero sobre todo que quede entre nosotros-, que he creado una nueva variedad de rosas?
¡Bravo...! ¡Magnífico...! Eso está mejor que intentar hacer explotar el planeta...
¡No, blancas...! ¡Pero de un blanco ideal, luminoso, inmaculado...! ¡Y su forma...! ¡Perfecta...! ¡Y qué perfume...! ¡Exquisito...!
¡Vaya! ¡Profesor, le felicito!
¡AY!
¡Ah! ¡Ah! ¿Y sabe cómo se llama? ¡Ahí quería yo llegar...!
20

¿Quién ha chillado...? ¿Qué ha sido eso...?
¡Bien! He tenido una idea genial...
¡Alto...! ¡Deténganse...! ¿Quiénes son...?
¡Imbécil! ¡Mira que pisar un nido de avispas!
La rosa que he creado es blanca, como le he dicho. Pues, ¿cómo se dice "blanca" en italiano...?
Bianca, sencillamente... ¡Bianca...! ¿Me sigue usted?
¡Bianca...! ¡Bianca...! ¿Quiénes serían esos tipos que han huido como conejos...?
Pues sí, Bianca como nuestra encantadora invitada... Esa rosa se llamará "Bianca Castafiore". Todo un detalle, ¿no le parece, capitán...?
¿Qué estarían haciendo esos bribones?
¡Sobre todo, como si no lo supiera...! ¡Se lo ruego...! ¡Ni una palabra...! Deseo darle una sorpresa...
¿Qué? ¿Cómo? ¿Qué sorpresa? ¿A quién?
De acuerdo, ¿verdad? Cuento con su discreción. ¡Todo esto debe quedar estrictamente entre nosotros!
¿Qué harían esos desconocidos en el parque...?
¡Vaya! ¿Quién hay en ese banco? ¡Ah! Ya veo, es...
¡IRMAAA!
?
¡IRMAAA!
Sí, señora.
¿Dónde está, Irmaa?
Aquí, señora, ya voy.
¡Sálvese quien pueda!
¿No ha visto al capitán Hammock? Necesito verle.
!
21

Si le ve, dígale que estos señores de París-Flash han terminado la entrevista y estarían encantados de poder saludarlo.
Bien, señora.
¡Catástrofe...! ¡Vienen hacia aquí...! ¡Me han pescado como a un ratón...!
Es un viejo lobo de mar, un poco abrupto de entrada, pero...
... que oculta bajo esta ruda corteza un alma sencilla de niño inocente y...
¡Madona! ¡Aquí está! ¡Durmiendo! ¡Y a la sombra!
Rrrr... Rrrr...
¡Capitán Kolback! ¡Oh! ¡Qué imprudente dormirse a la sombra...! ¡Va usted a pescar un resfriado!
¿Qué...? ¿Quién...? ¡Oh! Me había dormido, creo...
Menos mal que le he traído su chaqueta. Hace fresco esta mañana...
¡Pero si no tengo frío!
¡Además, debo reñirle! Un jersey no es la ropa más adecuada para un hombre de su edad, ¡vamos!
Pero...
¡Y su pelo...! ¿Cuándo aprenderá usted a peinarse correctamente, en vez de imitar a la "nouvelle vague"?
Pero...
Permítame que les presente: Jean-Loup de la Batellerie, y el fotógrafo Walter Rizotto, del "París-Flash".
Encantado.
Mucho gusto.
Bueno, señores, ahora que los he presentado, les devuelvo la libertad. El capitán Karbock y yo tenemos mucho gusto en invitarles a comer.
En cuanto a nosotros, querido, ¿quiere que hablemos un poco...?
Oye, ¿a ti qué te parece?
¡Lo mismo que a ti...! Sería un reportaje sensacional. Pero tendríamos que estar seguros...
22

¡De todos modos, la noticia se vendería...!
¡Yo lo veo ya en portada...!
¡Mira! El jardinero... Vamos, intentaremos tirarle de la lengua...
¡Vale...!
¡Pero, si este jardinero es el profesor Tornasol!... ¡El que estuvo en la Luna con Tintín...! Seguro que lo sabe...
¡Sin duda!
¡Hola, profesor...! Permita que nos presentemos: Jean-Loup de la Batellerie y Walter Rizotto de "París-Flash". Nuestra tarjeta.
¿¿¿Tartaleta???
¡Ah! ¡Periodistas...! ¡Ya está! El capitán no ha sabido callar y ha hecho llegar a la prensa la noticia de mi nueva rosa. ¡Qué bribón!
Díganos, profesor, entre nosotros, ¿no hay algo entre la Castafiore y el capitán Haddock...? ¿Proyecto de boda, por ejemplo...? ¿Eh...?
Se lo ha dicho el capitán, ¿verdad...?
Pues... sí y no..., ¿me comprende? Nosotros los periodistas tenemos buen olfato... Así que, ¿es verdad?
¡Canastos! ¡Me había prometido que no diría nada! Tenía que ser una sorpresa...
Sí, lo entiendo... ¿Y será pronto...?
Todo depende del tiempo... Pero me figuro que puede ir muy rápido.
¡Ah! ¡Conque la cosa está próxima...! Y... ¿se decidió hace tiempo...? ¿No puede contarnos una anécdota...? Por ejemplo, ¿cómo se conocieron...?
¡Precisamente...! Hace unos dos años...
... visitando la Feria de las Flores en Gante... Pero, ¡silencio! Allí está Bianca con el capitán... ¡Ni una palabra de este asunto!
¡Comprendido!
El... el profesor nos hablaba de sus rosas. ¡Son magníficas!
¡Maravillosas...! Se lo estaba diciendo precisamente al capitán Karnak...
Mientras tanto...
Repito: Sara... Oriana... Semíramis...
23

Eso es... Muy bien... No, no, ya le llamaré yo... Bien... Hasta mañana.
¡Me encantan las flores...! ¡Aunque las recibo a brazadas, nunca me canso de ellas!
¡Querida señora, permita que le ofrezca esta modesta "Crimson Glory"... ejem... en espera de algo mejor...! ¡Ja! ¡Ja!
¡Oh! ¡Profesor!
¡Mmmmm! ¡Qué delicado aroma...!
Huela, capitán, respire a fondo... ¿Verdad que es exquisita?
¡AY!
¡Mil millones de rayos y truenos! ¡Me ha picado una avispa!
¡Pobre amigo mío, consuélese...! Pero ¿por qué chilla tanto...? Espere a que yo arregle eso. Primero hay que quitar el aguijón... ¡Yaaa...! Luego aplicar sobre la picadura pétalos de rosa estrujados...
Yaaa... ¿Verdad que está ya mucho mejor?
Señores, ahora les dejo. Voy a arreglarme para la comida... ¡Ciao!
Tra-la-laaa
¡Busca al capitán Hoklock, sin duda...! Lo encontrará en la rosaleda. ¡Al pobre le ha picado una avispa en la nariz...!
¡Oh!
¡Una picadura de avispa en la nariz...! ¡Pobre...! Debe de ser terriblemente molesto...
¡AYYYYY! ¡MI COLLAR!
!
!
24

IRMAAA IRMAAA
Sí, señora.
¡Ah! ¡Es usted...! Me ha ocurrido algo terrible: ¡se me ha roto el collar...!
No se desespere. Las perlas no han ido lejos, señora; las encontraremos todas.
¡Ahora viene usted, cuando hace un cuarto de hora que la llamo...! Hubiese podido ayudar al señor a recoger mis perlas.
Se lo agradezco infinitamente, joven. No es que valga gran cosa este collar: es bisutería, pero es de Tristan Bior, y digan lo que digan, Bior siempre es Bior.
¡Claro! ¡Claro!
Voy a ver cómo sigue la nariz del capitán.
No se lo reprocho, capitán, pero ¿por qué les habló usted de mi rosa?
¿Su rosa...?
¡Su rosa...! ¿Cuándo va usted a dejarme en paz con su rosa...? Si no me hubiese acercado una a la nariz, ¡mil rayos!, no la tendría yo ahora como un semáforo en rojo.
¡Roja no, blanca!
Señora, ¿por casualidad ha visto usted mis tijeras de costura...? Las pequeñas, doradas, que...
¿Qué haría yo con ellas...? ¡No es a mí a quien corresponde vigilar sus cosas...!
Claro que no, señora... Es curioso, las tenía hace un momento, cuando usted me llamó la primera vez, y cuando volví al banco ya no estaban.
¡Pues búsquelas mejor! No habrán volado sus tijeras, ¿no?
No, no, ¡claro!
Mientras tanto...
Unas tijeritas de oro... ¡Mira qué bonitas son, tío Mateo!
¡Magníficas, Miarka!

Tres días después...
¿Oiga...? ¿Hablo con el señor Boullu...? ¡Ah, con la señora Boullu...!
Sí... ¡Ah! Es el señor del castillo... Pues... no, está ausente desde esta mañana... ¡Ah! ¿Le había prometido ir a su casa...? ¿Ah..? No, no me ha dicho nada... Ya se lo diré; sí, señor... Sí, sin falta, señor...
BROL
Si no viene mañana, ¡mil rayos!, llamaré a otro...
RRRING
?
¡Hola! ¿Conque eres tú, filibustero...? ¡Aquí Serafín...! ¡Te felicito, chico...! ¡Vaya, lo tenías bien escondido...!
¿Bien escondido...? ¿¿Yo...?? ¡No entiendo...! ¿Qué quiere usted decir...?
¡Ja, ja, ja! ¡Siempre con tapujos! ¡Vamos, deja ya de hacerte el tonto! ¡Quería ser el primero en felicitarte...!
Pero...
MONDASS
En cuanto al seguro, que tu Castañuela no se preocupe: He tenido que ir a provincias estos días, pero no me olvido de eso... Pasaré una mañana de esas... ¡Ala, compañero, viejo, hasta la vuelta...! Y otra vez: ¡felicidades...!
¿Qué?
¿Por qué me felicitaría este pesado?
¡Bah, es igual...! Una buena pipa y los periódicos...
DONG
Bueno... ¿Qué pasa ahora?
Un telegrama para el señor.
¿Un telegrama?
?
¿Qué querrá decir esto...? ¡Rayos y truenos!

Lee esto y dime si comprendes algo... Y ese pesado de Latón acaba de llamarme por teléfono para felicitarme también...
¡Ah...!
Mi sincera felicitación; firmado, capitán Chester...
¿Verdad que es raro...?
¿QUÉ?
BROL
PARIS FLASH
BIANCA CASTAFIORE
EL RUISEÑOR
MILANÉS
VA A CASARSE
CON
UN VIEJO LOBO
DE MAR
La bella ciudad de Gante, joya de la región de las Ardenas belgas, famosa en el mundo entero por sus campos de tulipanes. Allí encontró Bianca Castafiore al que había de ser su marido: el almirante retirado Hadok. Desde Moulinsarre, nuestros enviados especiales han traído para ustedes estas imágenes de su felicidad.
UN DÍA EN GANTE. ENTRE LAS FLORES...
El lorito que ella le regaló es ahora su confidente.
...Experto melómano, no se cansa de oír a la voz de oro cantar para él solo, su mayor éxito: El gran Aria de las Joyas, de "Fausto"...!!??!!
¡Mil millones de mil naufragios! ¡¡Si tuviese al pedazo de extracto de hidrocarburo que ha puesto estos disparates...!!
¿Digaaa? Le escuuucho... ¿Digaaa? Le escuuucho...
CROA
27

¡Buon giorno, Tintín! ¡Buon giorno, capitán Kornack!
!
?
¿Han visto el magnífico artículo que me dedica "París-Flash"?
¡A eso llama usted un magnífico artículo...! ¡Anunciar nuestra boda...!
¡Ah, sí, qué gracia, ¿verdad?
¡Pero si no tiene importancia...! Los periodistas me han prometido sucesivamente al maharajá de Gopal, al barón Halmaszout, jefe de protocolo en la corte de Syldavia, al coronel Sponsz, al marqués de Gorgonzola, y a otros... ¡Comprenderá que estoy acostumbrada!
¡Pues yo no, señora...! Y...
RRRRING
¿DIGA?
Somos Hernández con H y Fernández con F... Nuestros vegores motos... ejem... nuestros mojores vetos de... En fin, en una palabra, felicidades, capitán. Acabamos de leer "París-Flash" y...
KOUA KOUAKOUIN KOUINKOA KOUEKOUAKOUIN KOUA. KOUIN KOUA...
¡CLAC!
¡Que se vayan al diablo!
¡Qué raro, ni una línea acerca de mi rosa!
¡Pero... pero...! ¡Vaya...! ¡Vaya...! ¡Vaya...!
¡Querido amigo...! Mi querido amigo: ¡felicidades! ¡Qué alegría he tenido al saber la noticia...! Pero ¿por qué no lo dijo antes?
Algunos telegramas, señor... Y permita el señor que yo le dirija también mi más respetuosa felicitación.
... Felicidades, Carnicería Sanzot... Muchas felicidades, señor y señora Boullu... Sincera felicitación, doctor Rótula... Mi más entusiasta felicitación, Oliveira da Figueira... Cordial felicitación...

RRING
¿Diga...? Sí... Sí... ¿La televisión? Un momento, señor...
Es la televisión, señor... Preguntan si...
¡¡¡La televisión ahora!!!
¡Ah, no, que me dejen en paz...! ¡Me niego a hacer el indio ante las cámaras!
Pero, señor...
No hay pero que valga... ¡Estoy harto de periodistas...! ¡Diles que no estoy...!
Es que preguntan por la señora Castafiore...
¿Por mí...? ¿Y por qué no lo decías antes, hombre?
?
Digaaaa, le escuucho... Yo misma... La Televisión. Claro que sí... Con mucho gusto... ¿Cuándo? ¿Mañana...? Sí... Sí... Hasta mañana...
¡Son una lata...! Pero ¿qué se le va a hacer...? Vendrán mañana por la tarde.
?
!
!
?
Me gustaría saber cómo se han enterado esos periodistas de estas revelaciones...
ARMONÍA DE MOULINSART
¡Oh! ¡Qué idea tan bonita...! ¡Una serenata...!
29

Distinguida señora, querido capitán Haddock...
¡Chist!
Pero...
... con mano trémula por la natural emoción, tomo la palabra y en nombre de la Sociedad Los Amigos de la Banda de Moulinsart les comunico la alegría de todos mis conciudadanos con ocasión del gran acontecimiento...
... del que se ha hecho eco la prensa internacional...
Tendríamos que invitarles a unas copas de champaña.
¿Qué...? ¿Champaña...? ¡No!
Unas copas después...
Al día siguiente, por la tarde...
Perdone usted el retraso, señora. Pero al salir de la ciudad había un atasco, luego perdimos tiempo buscando el camino, y, para colmo de desgracias tuvimos una avería muy cerca de aquí...
¡Ah! ¿Sí...? ¡Qué divertido...!
¡Truenos y rayos! ¡Esto es una verdadera invasión...!
¡Oh! ¡Perdone...!
¡La televisión...! Gino, amigo mío, ahora es la tuya... Entrarás mezclándote entre esa gente... ¡Y a lo tuyo!
Te esperaré en el coche, allí, a cien metros... ¿O.K...?
O.K... ¡Tomo mis bártulos y me pongo a ello...!
30

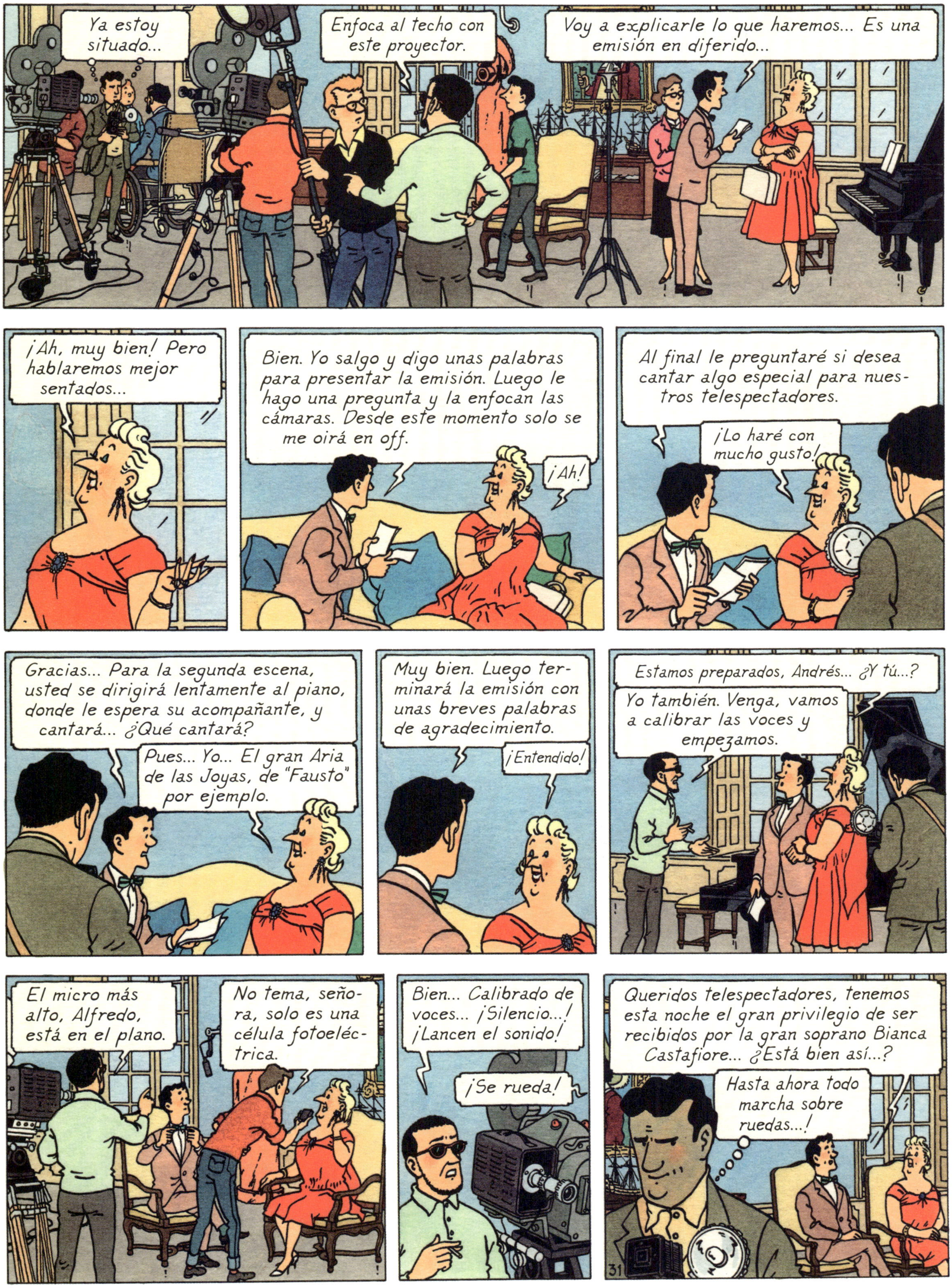
Ya estoy situado...
Enfoca al techo con este proyector.
Voy a explicarle lo que haremos... Es una emisión en diferido...
¡Ah, muy bien! Pero hablaremos mejor sentados...
Bien. Yo salgo y digo unas palabras para presentar la emisión. Luego le hago una pregunta y la enfocan las cámaras. Desde este momento solo se me oirá en off.
¡Ah!
Al final le preguntaré si desea cantar algo especial para nuestros telespectadores.
¡Lo haré con mucho gusto!
Gracias... Para la segunda escena, usted se dirigirá lentamente al piano, donde le espera su acompañante, y cantará... ¿Qué cantará?
Pues... Yo... El gran Aria de las Joyas, de "Fausto" por ejemplo.
Muy bien. Luego terminará la emisión con unas breves palabras de agradecimiento.
¡Entendido!
Estamos preparados, Andrés... ¿Y tú...?
Yo también. Venga, vamos a calibrar las voces y empezamos.
El micro más alto, Alfredo, está en el plano.
No tema, señora, solo es una célula fotoeléctrica.
Bien... Calibrado de voces... ¡Silencio...! ¡Lancen el sonido!
¡Se rueda!
Queridos telespectadores, tenemos esta noche el gran privilegio de ser recibidos por la gran soprano Bianca Castafiore... ¿Está bien así...?
Hasta ahora todo marcha sobre ruedas...!
31

El sonido está bien.
Ejem... ¿Ahora yo...? Pues bien... Yo... Yo estoy, yo también muy contenta... ejem... En fin, que no sé cómo decir... ¡Hu! ¡hu! ¡hu!
El sonido está bien.
¡Lanzad el sonido!
¡Se rueda!
¡Luces!... Acción.
¡Bueno! Ahora usted, señora, diga unas palabras, por favor.
¡O.K.! ¡Empezamos...! ¡Y silencio ahora, chicos...!
casta
1
CLAC
Queridos telespectadores, esta noche tenemos el gran privilegio de ser recibidos por la célebre soprano Bianca Castafiore, de la Scala de Milán, llamada -y con justicia- el ruiseñor milanés...
Déjeme usted, señora, si no es indiscreción, preguntarle la razón de su presencia en Moulinsart...
Pues, mi última gira por las Indias (triunfal, desde luego) me había agotado... Y como sabía que el capitán Balzack y sus amigos...
?
... iban a recibirme con los brazos abiertos, no he tenido reparo en presentarme aquí de la noche a la mañana...
¿Conque ha instalado usted la televisión...? ¡Tres aparatos a la vez...! ¡¿¡Y sin decirme nada...!?!
¡Chis!
¡Oh! Pero..., pero... ¡Pero si es la señora Castafiore...! Sí, sí, ¡os lo aseguro...! ¡Qué sorpresa...! ¡Tenemos que decírselo en seguida...!
¡Tiene que ver esto, esta señora...! ¡Hay que decírselo...!
¡Profesor, profesor! ¡No entre ahí: están rodando...!
HIIIIII
32

¡Canastos...! ¿Quiere usted explicarme qué es todo esto...?
?
¡Va a haber una boda y soy el último en enterarme...! ¡Compran aparatos de televisión y nadie me lo dice...! ¡Aquí están filmando y nadie me ha dicho nada tampoco...! ¡Es una conspiración...! ¡Se me oculta todo en esta casa...!
¡Y esta pobre señora Castafiore que sale en la televisión sin que nadie se lo advierta...! ¡Es inaudito!
Venga, profesor, venga: hay una confusión...
Le explicaré, venga aquí al lado...
¿¡¿Chiflado?!? ¿¡¿Qué yo estoy chiflado?!? ¡Hay que ver!
Sigan ustedes a partir de la última pregunta. ¡Cámara! ¡Acción!
¿Podemos saber, señora, lo que tiene usted en proyecto?
Sí, una serie de recitales en Estados Unidos, donde pasaré dos meses y donde me esperan con impaciencia.
¡Pobres americanos...! ¡Tan tranquilos que estaban antes de Cristóbal Colón...!
Luego voy a actuar en las grandes capitales de América del Sur.
¡Otros que no saben lo que les espera...!
Y... díganos, señora, qué obras interpretará usted durante esta gira que, sin duda alguna, será gloriosa...
¡Sí, estoy segura...! Pues como es habitual, las obras de Rossini, de Puccini, de Verdi, de Gounid... ¡ay!, de Gounod...
¡Ah! ¿de Gounod...? ¿No es cierto que en una ópera de Gounod ha cosechado usted su mayor éxito?
Sí, en el gran Aria de las Joyas de "Fausto", he obtenido grandes triunfos. Se ha dicho que era divina...
Pues bien, señora, ¿querría usted interpretar esta Aria para nuestros telespectadores?
¡Encantada!
¡Alerta...! ¡Al refugio...! ¡Va a cantar...!
¿Diga? Le escuucho...
!
33

¡Vamos! ¡Deprisa, que es tarde! ¡Sonido!
¡Cámara!
¡Acción! ¡Rodando!
¡AAAAH! ¡ME RÍO...!
... DE VERME TAN BELLA EN ESTE ESPEJO...
¡AAAAH! ME RÍO...
¡Anda, Coco!
DIGA ¡LE ESCUUCHO...!
¿Quién es el grosero que ha osado...?
¡Corten!
¡Madona! ¡Pero si es Coco que se ha soltado de su percha!
¡Hay que ver la inteligencia de los animales...! ¡Y su sentido artístico...! ¡Porque está bien claro que ha venido atraído por mi canto...! Pero, lo siento, tengo que atarte. Perdóneme un instante, en seguida vuelvo.
¡Ah! ¡Está usted aquí, capitán Hablock! ¿Sabe usted que Coco se había desatado solito para venir a escucharme de cerca...?
¡Tsss...! ¡Increíble!
Y unos minutos después...
¡Venga, daos prisa...! ¿Listos? ¡Silencio...! ¡Cámara...! ¡Acción!
¡AAAAH ME RÍO DE VERME TAN BELLA EN ESTE ES...
¡¿...PEJO!?
¡Anda, se ha ido la luz!
¡Apagón, solo faltaba eso!
Se han fundido los plomos.
¿Quién tiene cerillas?
¡AY!
¡CIELOS! ¡MIS JOYAS...!
¡Cuidado con los cables!
34

¡IRMAA-AA! ¡MIS JOYAS! ¡Suba arriba a ver!
Sí, señora.
¡Aquí, Milú...! ¡Quédate cerca de mí, no te vayan a pisar...!
¡GUAU!
¡OH!
¡OOH!
¡YIIII! ¡YIIII!
¡MIS JOYAS! ¡MIS JOYAS!
¡Qué ocurrencia correr de ese modo en la oscuridad...! ¿Adónde va usted...!
Ploc Ploc Ploc Ploc
CLAC
¡¡La puerta de entrada...!! ¡Ven, Milú, vamos a ver!
¡GUAU!
¡Alguien huye...! ¡Pero si es el fotógrafo!
¡Ya no podemos alcanzarle!
¡GUAU! ¡GUAU!
¡AAAH!
¡AAAH!
¡AAAH!
¡Bueno, ya hay corriente!
¿Qué ha sido, Néstor...?
Los fusibles, señor Tintín.
Mientras tanto...
¡El jefe estará contento!
¡Señora...! ¡Ay, señora!
BUUM
¡Vaya...! ¡Otra vez el escalón!
Sus sus jojo... sus jojo... sus joyas...
¿Dime, Irma...!
¡Sus jojo, señora, sus joyo... sus joyas!
¡Hable usted de una vez!
¡Desaparecidas, señora...! ¡Desaparecidas...! ¡Hu-u-u-u...!
¡HI-I-I-I-I!...
¡AAAAAH!
¡AAAAAH!
¡Corra, corra!
35

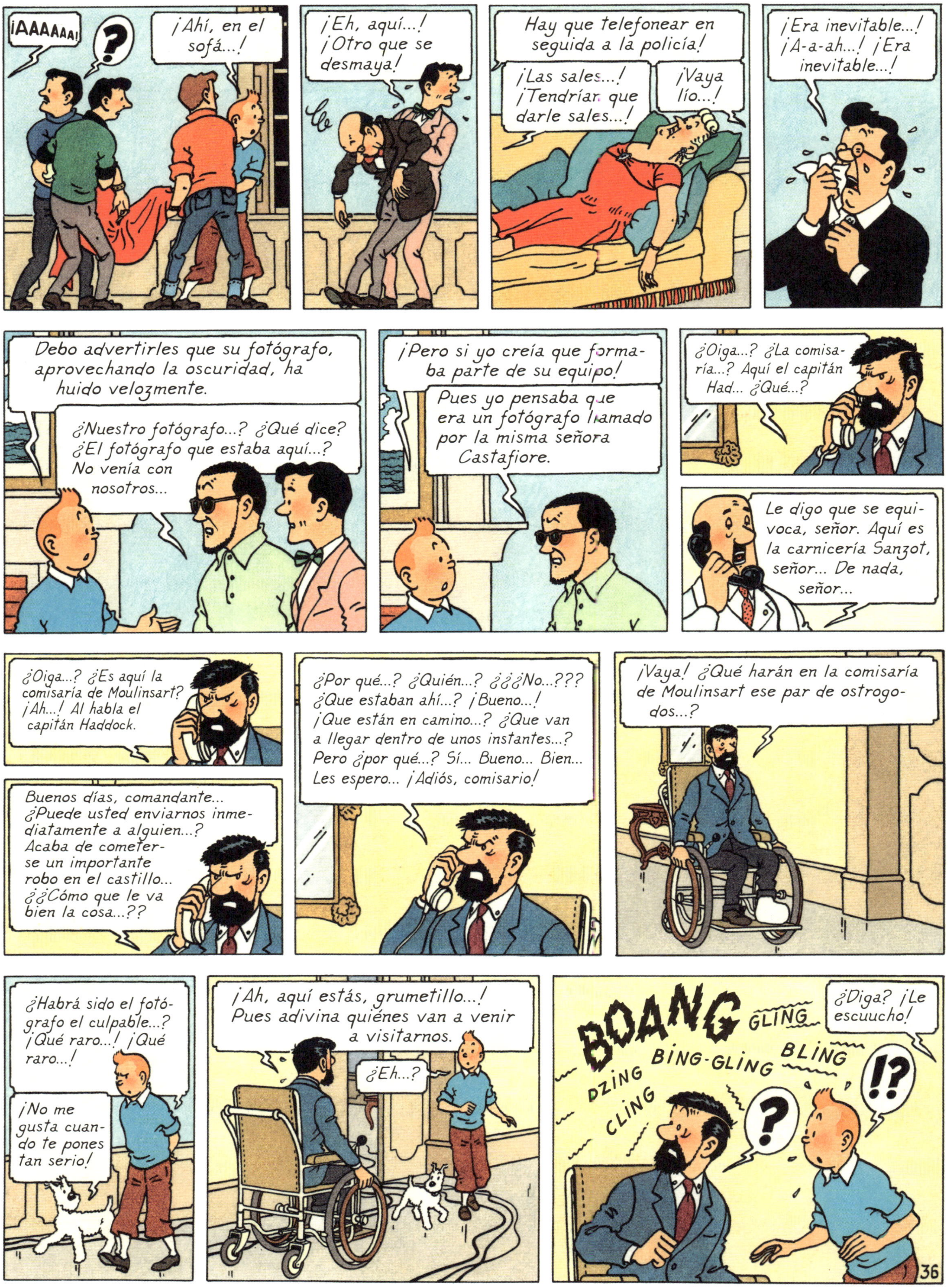
¡AAAAAA!
?
¡Ahí, en el sofá...!
¡Eh, aquí...! ¡Otro que se desmaya!
Hay que telefonear en seguida a la policía!
¡Las sales...! ¡Tendrían que darle sales...!
¡Vaya lío...!
¡Era inevitable...! ¡A-a-ah...! ¡Era inevitable...!
Debo advertirles que su fotógrafo, aprovechando la oscuridad, ha huido velozmente.
¿Nuestro fotógrafo...? ¿Qué dice? ¿El fotógrafo que estaba aquí...? No venía con nosotros...
¡Pero si yo creía que formaba parte de su equipo!
Pues yo pensaba que era un fotógrafo llamado por la misma señora Castafiore.
¿Oiga...? ¿La comisaría...? Aquí el capitán Had... ¿Qué...?
Le digo que se equivoca, señor. Aquí es la carnicería Sanzot, señor... De nada, señor...
¿Oiga...? ¿Es aquí la comisaría de Moulinsart? ¡Ah...! Al habla el capitán Haddock.
Buenos días, comandante... ¿Puede usted enviarnos inmediatamente a alguien...? Acaba de cometerse un importante robo en el castillo... ¿¿Cómo que le va bien la cosa...??
¿Por qué...? ¿Quién...? ¿¿¿No...??? ¿Que estaban ahí...? ¡Bueno...! ¿Que están en camino...? ¿Que van a llegar dentro de unos instantes...? Pero ¿por qué...? Sí... Bueno... Bien... Les espero... ¡Adiós, comisario!
¡Vaya! ¿Qué harán en la comisaría de Moulinsart ese par de ostrogodos...?
¿Habrá sido el fotógrafo el culpable...? ¡Qué raro...! ¡Qué raro...!
¡No me gusta cuando te pones tan serio!
¡Ah, aquí estás, grumetillo...! Pues adivina quiénes van a venir a visitarnos.
¿Eh...?
BOANG
GLING
BING-GLING
BLING
DZING
CLING
¿Diga? ¡Le escuucho!
?
!?
36

¿Una visita? ¡Apuesto a que son Hernández y Fernández...!
¡Tú ganas!
!
¡Pobres amigos...! ¿Qué les ha ocurrido...?
Pues... debo de haber frenado demasiado tarde...
¡Yo aún diría más: debes de haber frenado demasiado tarde!
¿Se han hecho daño...?
No, no ha sido nada... ¡No hablemos más de ello...! Estamos aquí porque nos han encargado una misión: velar por la seguridad de la señora Castafiore, su invitada, según parece, y por sus joyas...
¿Aaah...?
¿Acaso hicieron el servicio militar con los carabineros de Offenbach?
Buenas tardes, capitán.
¿Con los carabineros? No. ¿Por qué...?
El capitán quiere decir que llegan demasiado tarde: acaban de robar las joyas de la señora Castafiore.
¡No!
¿Quién?
Eso, señores, es lo que se trata de averiguar. Pero pasen y les explicaremos lo que ha ocurrido.
Unos minutos después...
Y eso es todo... Como ven, todo parece acusar a ese misterioso fotógrafo... Y sin embargo...
Sin embargo ¿qué...? Es lo de siempre: un cómplice que corta la corriente y...
¡Pues no...! Nadie cortó la corriente: se fundieron los plomos...
Plomos fundidos o corriente cortada, jovencito, para mí es lo mismo: se hizo la oscuridad, que es precisamente lo que el ladrón quería.
Puede, pero no podía prever en qué momento se fundirían los plomos... ni siquiera si se fundirían... Esto ocurrió por casualidad...
¡Ejem...!
¡Es lo que iba a decir.
Bueno... puesto que usted quiere poner las íes sobre los puntos, me gustaría saber lo que va a contestar a una pregunta que le voy a hacer yo ahora...

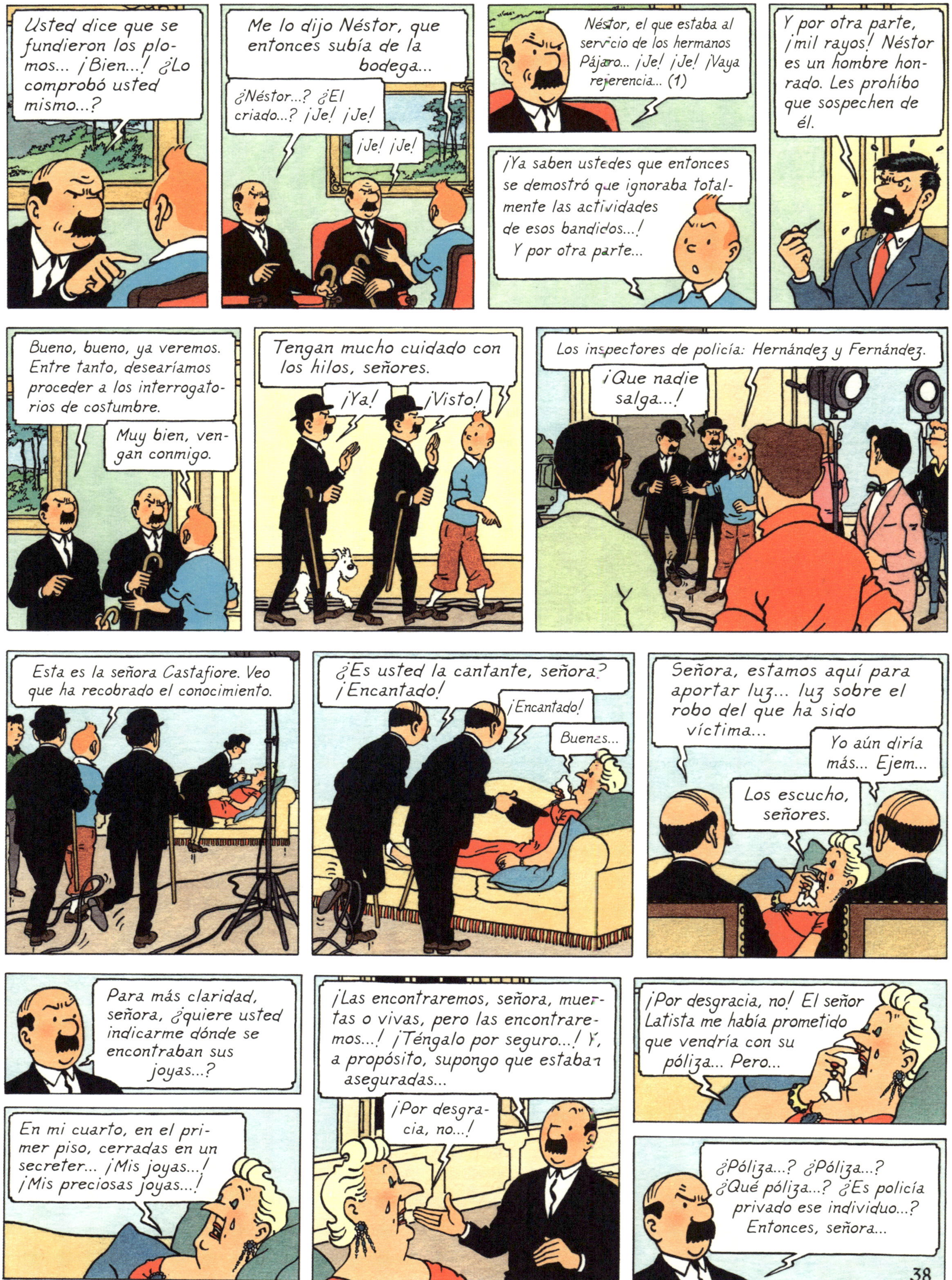

(1) Véase EL SECRETO DEL UNICORNIO

No, no, señores, no me entienden, es una póliza de seguros.
¡Ah, bueno! Eso es otra cosa... Porque...
Sí, porque...
Así pues, sus joyas estaban en su secreter... Bueno... supongo que cerrado con llave.
Sí, la llave estaba escondida en un jarrón. De allí la saqué hace un momento, cuando quité el maletín del secreter.
¿A qué maletín se refiere usted, señora...?
Pues al maletín que contenía mis joyas y que yo...
Pero... ¡Madona...! Ahora que me acuerdo...
Me he sentado aquí y...
¡Aquí...¡ ¡Aquí...! ¡¡¡Qué es lo que les estaba diciendo!!!
¡Aquí están mis joyas! ¡Y no falta ninguna...! ¡Ay, qué contenta estoy, qué contenta...!
¡Hay que ver lo distraída que soy...! Olvidé totalmente que había bajado con el maletín cuando los señores de la televisión llegaron. ¡Tiene gracia...! ¡Ja! ¡Ja! ¡Ja! ¿No se ríen ustedes?
¿Reírnos nosotros, señora...? ¡¡¡Usted se ríe de nosotros...!!! ¡Adiós, señora...!
¡Yo aún reiría más, señora!
Pero ¿qué pasa? ¿Qué les habré yo hecho...? ¿Por qué se han enfadado...?
¡Aquí están sus sombreros...! ¡Y cuidado con los hilos...!
¡Ya, ya, gracias...! Ya nos lo ha dicho antes... ¡Ni que fuéramos niños...!
BANG
CLING
39

¡Ya les había yo dicho que tuviesen cuidado con los hilos...!
¡Con los hilos, sí...! ¡Pero eso son cables...!
¡Es muy distinto...!
0589F
Bueno, se acabó lo de las joyas... Pero lo del fotógrafo ese sigue intrigándome...
Sí, pero aparte de eso, todo está bien si acaba bien.
¡AH! ME RÍO DE VER
Precisamente, capitán, ¡TODO no ha acabado...!
Voy a dar un paseo con Milú: necesita tomar el aire. No tardaré mucho.
¡GUAU! ¡GUAU!
¡Bueno, ve, grumete! ¡Yo me quedo en el puente!
¡Qué noche tan espléndida...!
?
Parece... Sí, se oye la guitarra... ¡Oh! Deben de ser los gitanos...
¡Qué nostalgia en esta música...!
¡Ven, Milú, hay que regresar!
¡Qué silencio en estos bosques...! Ni un ruido... No se mueve ni una hoja... Nada...
WUU-UU
¡GUAU!
40

WUU-UU
¡Una lechuza...! ¡Dios mío! ¡Qué susto me ha dado...!
¡Vámonos a casa, Milú!
Han pasado tres días...
Sí... Sí, ya sé... es decir... Sí, por culpa de una boda... ejem... la hija de mi cuñada... Sí... Oiga, señor, estaré ahí mañana por la mañana... Sí, sí, sin falta... Sí, sí, se lo prometo, señor... Eso es... Hasta mañana...
Si ese hombre no está aquí mañana no sé lo que haré, ¡rayos y truenos! ¡Pero no acabará aquí la cosa! ¡No faltaría más...!
CLAC
¡No! ¡No acabará aquí la cosa...! ¡Ah, no! ¡Se lo aseguro!
!
¡Los llevaré a los tribunales...! ¡Haré que los condenen...! ¡Burlarse así de una débil mujer...!
¡Cuidado...! ¡El escalón...
¡Ya lo sé...! ¡Mire usted esto...! ¡Es un escándalo...! ¡Es una infamia...! ¡Ah!, pero ¡la cosa no acabará aquí, se lo aseguro...! ¡Mire usted!
TEMPO DI ROMA
LA DIVA E IL PAPPAGALLO
In questo numero alle pagg. 8-9-10
Pero ¿por qué se enfada usted...? ¡Encuentro que ha salido bien en esta foto...!
¡Bueno...! ¡Bueno...! ¿Esto es todo lo que se le ocurre...? ¡Primero, la foto es horrible!
¿Horrible...? ¿Por qué? Yo encuentro que ha salido usted muy parecida.
¡Así que defiende usted a estos infames...! ¡A esos sinvergüenzas...! ¡A esos rufianes! ¡Es el colmo...! ¡Y además, no se trata del parecido...! ¡La cosa es mucho más grave...!
¿Más grave...? ¿De qué se trata, pues...?
41

¡Se trata de que esta foto ha sido tomada aquí mismo por un reportero del "Tempo" que se ha colado en el castillo burlándose de todos! ¡Porque aquí entra todo el mundo...!
¿Qué? ¿Ese fotógrafo...?
¡Ese fotógrafo, sí; el que huyó aprovechando la oscuridad! ¡Ah! ¡Es demasiado...! Yo les había dicho a esos villanos del "Tempo": "¡Ya que habéis osado escribir que peso ochenta y nueve kilos! Ahora se acabaron las fotos, las interviús...! ¡Vuestros reporteros, no deseo verlos jamás...!"
¡Y por una astucia maquiavélica han llegado a realizar un reportaje completo...! ¡Y todo por su culpa!
¡¿¡Mi culpa...!?!
¡Sí, señor...! ¡Si fuese un poco más exigente con los que deambulan por aquí...! ¡Si no recibiera bajo su techo a cualquiera, este escándalo no habría ocurrido...! ¡Eh, señor Wagner, tengo que decirle dos palabras!
¿De dónde viene usted, señor Wagner...? Y, primero, ¿quién os ha dado permiso para salir, señor Wagner: ¡sus escalas, señor Wagner!
¡Pero...!
¡Silencio...! ¡Toca usted con bastantes fallos, señor Wagner...! ¡Anteayer dos notas fuera de lugar...! De ahora en adelante quiero oírle trabajar todo el día...
Bien, señora... Sí, señora... Bueno, señora...
¡Y usted, Irma...! ¿Encontró por fin sus tijeritas doradas...? ¡No, naturalmente...! ¿Pero dónde tiene usted la cabeza...?
¿Yo, señora...?
DONG
¡Sí, usted...! Y vaya a ver quién ha llamado, en vez de quedarse aquí plantada.
¡Hola, guapa...!
¡Salud, duquesa...! ¿Todo va bien, sí...? Pues me alegro. ¿Y su futuro...? ¿También...? ¡Vaya, mejor...! Pues bien, le he traído un precioso proyecto de póliza de seguros y...
¡Lo siento, señor Lampista...! ¡Llega tarde...! ¡Debió de venir antes, señor Lampista!
¡Vaya, vaya, déjese de bromitas...!
¡No insista, señor Lampista...! ¡Yo misma cuido de mis joyas, señor Lampista...! ¡Adiós, señor Lampista...!
CLAC
?
42

¡Es la verdad!
¡Es extraordinario, mi querida amiga! Vea la revista que me he encontrado en el suelo... ¿A que no adivina de quién es el bonito retrato que adorna la portada...? ¡Mire!
¡Ya sé, señor Tornados...! ¡Ya sé...! ¡Y no vaya a decirme que estoy muy bien parecida...!
¿Verdad que está usted muy bien...? ¡Y el lorito, qué le parece...?
... ¡si también parece que vaya a hablar...! Espere, vea...
¡Aún hay más...! Espere. Varias páginas interiores. Veamos, veamos...
¡Oiga, Norberto!
¿Ahora viene...? ¡Hace media hora que han llamado...! Si no estuviese yo aquí para recibir a la gente, ¿qué pasaría...?
A ver, a ver...
Pero...
Un momento, mi querida señora... ¡Ah! Creo que ya lo tengo... ¡Claro, eso es...!
?
!?
¡Mire!
Yo hubiese jurado que...
Pasan los días...
¡Ay! ¡Estas escalas...! ¡Estas escalas!
...Y una mañana...
¡Ah! ¡Estas escalas!
¡CIELOS, MIS JOYAS!
¡LADRONES!
¡MI ESMERALDA!
¡Ya está...! Ha vuelto a perder la quincallería.
!?
¿Ha oído usted...?
Sí, sí... No te molestes, que las encontrará en cinco minutos...
BUUM
¡Eso es que alguien ha caído en la escalera!
?
43

¡Corramos a ver...!
¡No hay nadie! ¡¡¡Qué raro...!!!
¡Socorro!
¿Qué pasa...?
¡Ah!, señor Wagner, no lo sé...
Oí gritar a la señora Castafiore... Luego, se oyó una caída en la escalera...
A mí también me pareció oír algo... pero como estaba tocando el piano...
Hiii... Hiii...
¡Mi esmeralda...! Snif...
¿Qué es lo que ha pasado...?
¡La esmeralda...! Snif... La esmeralda del maharajá de Gopal... Snif... ¡Me la han robado...! Snif... snif...
Bueno, señora, reflexione... ¿No se habrá sencillamente extraviado...?
No, no... Snif... La puse en su estuche, sobre el tocador... Lo abrí... Snif... para admirar la joya... Luego entré en el cuarto de baño... Snif... y al cabo de un cuarto de hora, cuando salí, vi con estupor que el estuche estaba vacío... Snif... snif...
Mire... hiii..., el estuche está donde yo lo dejé.
Quizá cayó al suelo la joya y...
¡No, no...! ¡Es imposible...! Estaba en el estuche... Irma ya ha buscado.
Le digo que me la han robado... Snif... Hay que llamar a la policía... Snif...
Llamo en seguida...
Robo o no, ¿quién ha caído por la escalera...?
BUM
BARRABUUM
¡Mil millones de naufragios! ¡Otra vez..!
¿Querías saber quién había caído?... ¡Pues ya lo sabes...!

Si no me equivoco, el ladrón es el que ha caído antes por la escalera...
¿Diga...? ¿Diga...? ¿Diga...? Sí... con h, como Homero, sí. ¿Qué...? ¡¡¡Un robo...!!! ¡¡¡Una esmeralda...!!! Pero... Oiga, ¿está segura la señora Castafiore de que le han robado de verdad esta joya...?
¡Juiciosa pregunta...!
¡Parece que sí!
Bueno... ¡Pues tiene suerte...! ¡Porque le aseguro que si no la hubiesen robado de verdad, nosotros no nos molestaríamos en ir...!
Yo aún diría más...
Media hora más tarde...
Resumiendo... Si el robo ha sido cometido por alguien del castillo, solo hay seis personas sospechosas: Irma, Wagner, Néstor, Tornasol, Tintín y usted, por supuesto, capitán.
¡Ah...! ¿Qué quiere decir?
¡Espere...! Tres de esas personas están fuera de sospecha: usted, que no ha podido subir las escaleras con la silla; Tintín que estaba a su lado; y Wagner que tocaba el piano en el salón de la marina.
Eso de tocar es un decir, pero vaya...
Quedan, pues, Irma, Néstor y el profesor...
¿Uno de los tres es culpable? ¡Usted está loco!
Sin embargo, con su permiso, vamos a interrogarles, por separado y fuera de su presencia.
¡Bueno! Empezaré por mandarles a Néstor... Pero es perder el tiempo.
¿Dónde estaba...? En el jardín, cerca del profesor Tornasol, que podaba los rosales... Yo pasaba el rastrillo por una avenida, cuando oí gritar a la señora Castafiore... Levanté la vista hacia su ventana...
¡Ah! ¡Ah...! ¡Conque admite que desde el lugar en que se hallaba podía ver sus ventanas...!
Pues sí, señor... Entonces, al ver que seguían los gritos, dejé el rastrillo y corrí hacia el castillo...
Eso es: soltó usted el castillo para correr hacia el rastrillo. Muy bien, gracias. ¿Quiere usted decirle al capitán que haga entrar a Irma...?
Snif... Yo estaba bordando en mi habitación... Snif... cuando... Snif... oí gritar a mi señora... Snif... Entré precipitadamente en su habitación... Snif... a tiempo para recibirla desmayada en mis brazos... Snif... snif...
¡Ah! ¡Ah!
Su patrona nos ha dicho que había permanecido en el baño durante un cuarto de hora. Es decir, que sabiendo eso, podía usted haber tenido ocasión de penetrar en su habitación, sin hacer ruido, y apoderarse de la joya... o de lanzársela por la ventana a algún cómplice... ¡A Néstor, por ejemplo...! ¡Vamos! ¡¡¡Confiese!!!
HIIIIIIIIIII
¡Socorro!
¡Tintín, socorro!
!
?
45

¡Brutos!
¡GRULLA!
¡AY!
?!
¡Brutos! ¡Brutos, más que brutos!
¡Irma! ¿Qué le pasa...? ¡Pare...!
Esos... Snif... me han acusado... Snif... de robar la esmeralda... Snif... de mi señora... A mí... Snif... que no he quitado a nadie... ni un alfiler... Snif... A mí sí que... Snif... me han robado unas tijeritas... y mi dedal de plata... Snif... ¡esos sinvergüenzas...!
¡AAAH! ¡AAAH!
¿De verdad la han acusado ustedes...?
Ejem... Es decir... Yo... Un poquito... para ver... Es un truco que da buenos resultados a veces, ¿sabe...?
¡Bueno, un simple incidente...! Son los riesgos del oficio... ¿Quiere usted mandarnos a Tornasol?
Bien... ¡Pero, en su lugar, yo emplearía otro método!
Profesor, ¿es cierto que Néstor se encontraba a su lado en el momento en que la señora Castafiore empezó a chillar...?
¡De ninguna manera...! No me molestan ustedes lo más mínimo... Ya me han puesto al corriente del robo. Lo siento por mi querida amiga...
Sí... Ejem... ¡Bien...! Pero no es esta la cuestión, profesor.
¡Ya he pensado en eso en seguida, naturalmente...! Ya había llegado a ciertos resultados cuando ustedes me llamaron.
¡Esto no terminará aquí...! ¡Ah, no...! ¡No!
Naturalmente no es más que un simple indicio, pero miren mi péndulo.
?
¡Ah! ¡Aquí están ustedes dos...!
Señala el sudeste... Es decir, que indica...
¿Qué es lo que me han dicho...? ¡Han tenido la audacia de acusar a Irma, a mi fiel Irma...! ¡Ah, esto no quedará así...! ¡Atreverse con una débil mujer...! ¡Me quejaré a la Liga de los Derechos del Hombre...!
... la dirección del campamento de gitanos...
46

¿Y si Irma decide dejarme después de esta afrenta, serán ustedes los que me procurarán una nueva muchacha...? Y el sueldo que la otra me exija, ¿lo pagarán ustedes, sí...? Además, si ustedes no piden inmediatamente disculpas a Irma, yo...
...¡yo me marcho de esta casa...! ¡Voy a comunicárselo al capitán!
¿Ven ustedes? Siempre hacia el sudeste...
Ejem... Volviendo a lo nuestro...
Entendámonos, no es que yo les acuse. Yo solo digo que mi péndulo indica la dirección de su campamento.
Pero ¿de qué campamento está usted hablando?
Pues sí, señor. ¡Son gitanos de pura cepa...! ¡Los he visto como lo estoy viendo a usted, jovencito!
Oigan, ¿su Tornasol no estará un poquitín... ejem... no...? No habla más que de un campamento de gitanos.
Pues es verdad: hay un campamento de gitanos aquí cerca...
¡Cómo! ¿Es verdad...? ¿No podían ustedes haberlo dicho antes...? ¡Aquí están los culpables...! ¡No hay la menor duda...!
¡Pero veamos! ¿Qué pruebas tienen ustedes?
¿Pruebas...? ¡Ya las encontraremos! ¡Esa gente son todos una pandilla de ladrones...! ¡Vamos, condúzcanos a ese campo!
Bueno, les llevaré... Pero no hay derecho que sospechen de ellos solamente porque son gitanos...
¡Y me extrañaría mucho que estuvieran ahí todavía...! Han debido irse después de dar el golpe...
¡No me creo nada!
¿Dónde están?
¡OH!
¿Y bien?
Pues... ¡que se han ido...!, pero que ayer yo los vi aquí...
¿No se lo decía yo que habrían huido?
¡Pero no irán muy lejos...!
... repito: orden a todas las brigadas de la policía de interceptar una caravana de gitanos que ha partido de Moulinsart con destino desconocido. Comuniquen con...
47

Dos días después...
Siguen las investigaciones aceca del robo que sufrió la señora Castafiore. Etc... etc... ¡Ah...! Están bajo vigilancia los gitanos, sobre los que recaen graves sospechas. Sin embargo, en los medios judiciales se observa la mayor discreción acerca de este asunto que... ¡Sí!
BROL
¡Pobre gente...! Estoy seguro, sin embargo, de que son inocentes.
Yo también pondría la mano en el fuego, pero...
¡Amigos míos! ¡Queridos amigos...! ¡Una noticia sensacional...! Sen-sa-cio-nal...! ¡Acabo de inventar un aparato de televisión...!
¡Bien! ¡Es usted un precursor...!
¡En color, eso es...! El otro día, cuando vi todos estos aparatos aquí, me dije: ¡qué lástima que estas imágenes solo sean en blanco y negro...!
¡Es verdad...! Aunque me parece que en América...
Al contrario, ¡pero si es como el huevo de Colón...! Atiéndanme ustedes: las imágenes que se ven en la pequeña pantalla están en blanco y negro, ¡claro...! Pero al principio, ¿eh...? ¿Al principio...?
¿Al principio...?
¿Eh...?
¡No hace falta que os diga...! Al principio la imagen, el sujeto, está en colores... Pues bien, ¡el aparato que yo he perfeccionado restituye estos colores...! ¿En qué me baso...? ¡Grosso modo, en filtros coloreados dispuestos entre un aparato de televisión ordinario y otra pantalla...! Pienso llamarlo "Supercolor Tornasol".
¡Pero esto es genial...!
¡Como quieran...! Pero, modestia aparte, ¡les digo que es genial...! Bueno, ustedes juzgarán. Esta noche tengo el gusto de invitarles a venir a mi casa, donde les ofreceré la famosa emisión "Cinco millones a la una".
Esa misma noche...
¡Y ahora, amigos míos, abran bien los ojos...! ¡Retengan la respiración...! ¡El momento es histórico!
... aquí, queridos amigos telespectadores cinco millones BONG a la una
BING
DONG
Nuestro programa de esta noche les permitirá ver y oír, como si estuvieran en...
... el XXI Congreso del Partido bigotista en Szohôd, la vida secreta del Abominable Hombre de las Nieves, el asunto del Robo de la Esmeralda de Moulinsart...
¡Hay que ver...!
¡Vaya coincidencia!
¡Ni hecho ex profeso!
48

En el XXI Congreso del Partido bigotista, en Szohôd, el general Plekszy-Gladz, en un discurso de inusitada violencia...
La imagen quizá no es totalmente clara, pero voy a regularla...
DIGUEDUG DIGADIGUDUG DUGUDUG DAGODAGODUG DEGUEDU
Así está mejor, ¿verdad?
¡El sonido, arréglelo!
Está bien, ¿verdad?
¡No...! ¡El sonido! ¡Arregle el sonido por favor!
CLAC
?
¡Ay! ¡Lo siento...! Ha explotado un proyector... Un momento para arreglarlo...
Un cuarto de hora después...
¡Ya está! ¡Era poca cosa!
...vemente los hechos. La gran cantante italiana Bianca Castafiore está, como es sabido, en nuestro país.
¡Ah! Me río de verme tan bella en este espejo
¿Esa soy yo? ¡Oh, qué horror!
Invitada en el castillo de Moulinsart, la diva ha sido víctima de un robo audaz: una espléndida esmeralda ha desaparecido en extrañas circunstancias.
Nuestros enviados han tenido la suerte de poder entrevistarse con los dos policías encargados de la investigación, y estas son sus declaraciones...
Hemos tenido que descartar inmediatamente a los ocupantes del castillo. Ninguno pudo haber cometido el robo. Pero...
...pronto sospechamos de unos gitanos instalados junto al castillo que al día siguiente al del robo habían huido...
Pero pronto fueron encontrados y vigilados. A las veinticuatro horas, después de un registro en uno de sus carromotos... perdón... carromatos, ¡sorpresa...!

No solo se han encontrado unas tijeras pertenecientes a la doncella de la señora Castafiore, sino que en otro carromato...
...¡se ha descubierto un mono amaestrado...! Puesto que el robo de la esmeralda solo ha podido ser cometido por alguien de una agilidad prodigiosa..., ese alguien lo hemos descubierto: ¡es un mono...! ¡Como es natural, toda la tribu...
... lo niega! Las tijeritas las había "encontrado" cerca del campo, una gitanilla... Y el mono no había salido de su jaula para nada...
Así están las cosas... Queda la joya por recuperar, ¡pero eso no es más que un juego de niños...!
Bien, señores, les felicitamos por su clarividente investigación, que acaban de exponernos de un modo tan brillante.
Y ahora, queridos telespectadores, abandonaremos el apasionante misterio policíaco para pasar a otro tema. Ahora...
¡Ah, no! ¡Ya basta!
¡Apaguen, que lloro como una Magdalena...!
¡Basta ya!
Es evidente que el procedimiento no es aún totalmente perfecto, pero...
¡La visión me baila el "shimmy"...!
¡Yo también lo veo todo turbio!
¡Yo también!
Al día siguiente...
¡Pobres gitanos...! ¡Yo sigo pensando que son inocentes...! He vuelto a examinar la fachada: incluso un mico hubiese dejado huellas de escalada. Y no he visto ninguna. ¿Entonces?...
¡Mira! ¡El señor Wagner se va al pueblo... en la bicicleta vieja de Néstor...!
¡Conque la Castafiore le ha permitido dejar el piano...! ¡Aprovechémoslo, Milú...!
Volvamos al castillo... ¡Al menos, durante un rato no se oirán las dichosas escalas!
?
50

¡Anda! ¡No lo he soñado...! ¡Acabo de ver al señor Wagner irse en bicicleta...! ¿Quién tocará ahora...?
¿Qué te pasa, Milú...?
¡Guau! ¡Guau!
¡Ajá! ¡Aquí han escondido una escalera...! ¡Tanto mejor...! ¡Bueno, ya que está aquí, la aprovecharemos!
Aún no vuelve... ¡Vamos!
!?
?
¡¡¡Hay que ver!!!
¡Ha grabado sus escalas en un magnetófono de transistores!!! Pero ¿cuál será el motivo de este montaje...?
¿Por qué motivo...? ¡Bien, señor Wagner, pronto lo sabremos...! Pero primero hay que volver la escalera a su sitio, sin tardar...
¡Ya está!
¡Tú, Milú, te escondes por ahí sin hacer ruido!
¡Guau!
Y ahora, maestro, ¡aquí le espero!
Nadie a la vista: puedo arriesgarme...
51

¿Quiere que le eche una mano, señor Wagner...?
¡No, no, muchas gracias...!
¿Có... có... cómo ha entrado usted aquí...?
Del mismo modo que usted, querido señor Wagner... Pero deje la escalera...
Ejem... Lo he hecho porque me convenía un poco de ejercicio... Tiene gracia, ¿verdad?
¡Mucha...! ¿Y el magnetófono? ¿Es por la misma razón...?
¿El magnetófono...? ¡Claro! Escuche, ¡pero prometa que no dirá nada a la señora Castafiore...! Es para poder tomar el aire de cuando en cuando... Ya sabe que ella me exige que esté al piano todo el día... Entonces...
¿El aire...? ¡El aire del pueblo, según creo, señor Wagner...!
¡Ah! ¿Lo sabe...? ¡Bueno, pues voy a decírselo todo...! Sí... Yo...
¡IRMA-A-A...! Oigan, ¿no han visto ustedes a Irma...?
¡Qué catástrofe! Había olvidado cerrar la puerta con llave...
¿A Irma...? No, señora.
¡Gracias...! Pero... oiga, señor Wagner..., ¿y sus escalas?
¿Mis... mis escalas...? Yo...
¡Pero si está tocando, señora! ¿No lo oye...?
¡Es verdad, en efecto...! Estaba distraída... ¡Perdone...!
¿Pero dónde tengo hoy la cabeza...?
52

¡Gracias...! pero dígame, ¿por qué me ha echado usted un cable...?
Porque quería estar a solas con usted... Siéntese al piano para mayor tranquilidad. Le escucho...
¡Bien! Se lo confesaré todo... Soy jugador... Sí, juego en las carreras... y voy todos los días al pueblo a hacer mis apuestas por teléfono...
¿Ah...?
Así, ¿es eso...? Sin embargo, usted no estaba en el pueblo en el momento del robo de la esmeralda, cuando un misterioso desconocido se cayó por la escalera... Era usted, ¿verdad?
Sí, fui yo...
Yo,,, había subido al desván... y al bajar oí los gritos de la señora Castafiore... Corriendo para volver al piano... ¡me caí por la escalera...!
¿Qué iba a hacer al desván?
Verá, varias veces, al crepúsculo, me pareció oír andar allá arriba... y como la signora dijo lo mismo la noche de su llegada, quise ir a cerciorarme, y...
¿Por qué no nos avisó, sencillamente...?
No... no quería hacer el ridículo en caso de que no hubiese nadie allí... Como así ocurrió...
Otra pregunta, señor Wagner. Al día siguiente de su llegada, encontré sus huellas bajo la ventana de la señora Castafiore...
¡Hay que ver esos hombres cómo charlan! ¡Parecen urracas!
Sí, puede ser... porque fui allí para estar seguro de que nadie había podido escalar la fachada aquella noche, después del incidente.
¡Bueno...! Pues ya tengo las explicaciones que deseaba.
No, no creo que él haya robado la esmeralda: parecía sincero... ¡Pero hay que desenmascarar al verdadero culpable!
De todos modos quiero subir esta noche al desván: no hay que descuidar nada... ¿Vienes, Milú?
¡Ah, por fin ya estás aquí!
En el crepúsculo...
¡Chut!
BROL
53

Dime, Tintín, ¿durará mucho esto todavía...?
¡Chut! Milú... Escucha...
CRAC
¡Bah...! Un ratoncito o una rata... ¿Quieres que la pesque...?
¡Chut!
POC
POC
POC
¡Anda...! ¡Mira! ¡Un búho... o una lechuza, que anida aquí...!
POC
POC
POC
¡Ya tenemos al "monstruo" que vivía en el desván, y cuyos ojos y gritos habían asustado tanto a la señora Castafiore...!
WOU-OUH
¡Ven, Milú...! No tenemos nada más que hacer aquí.
Otra pista falsa, ¡qué rabia...!
¡Anda...! Capitán, ¿ya está curado...? ¡Qué alegría...!
Sí, el médico acaba de quitarme el yeso.
Ah! ¡No sabes el placer que uno siente al poder apoyarse sobre sus dos piernas!
¡Cuidado! ¡No se ap...
... oye usted...!
!
54
¡Hasta muy pronto, doctor...!

¡Dios mío! ¡Dios mío! ¿Qué ocurrirá...?
Tendré que decidirme cualquier día a ordenar un poco este coche...
05AE7
¿Qué ha pasado...? ¿Qué ha pasado...?
¿Qué ha pasado...? ¿Qué ha pasado...?
Mi querido capitán Maggock, yo... ¡Oh! ¡Pero si está de pie...! ¡Le felicito...!
¡Gracias!
Siento tener que ensombrecer su alegría, pero tengo una triste noticia para comunicarle: ¡me voy mañana...!
¡No...! ¡No es posible...! ¿¡No es verdad...!?
¡Sí, mi querido amigo...! Me esperan en la Scala de Milán: debo cantar una ópera de Rossini antes de marchar a los Estados Unidos.
¡Cuánto lo siento...! Estoy desolado... Yo... Y... ¿de veras ya está decidido...?
Es muy amable insistiendo para que me quede, pero ya tengo las plazas para el avión.
¡Ah!
¡Se va...! ¡¡¡Se va...!!!
Se va... Dzim bum tralala trala tralalalaitu. ¡Se va, hermanito, se va!
55
¡¿¡Ya se v... !?!... a... Tagadá... Tugudú... ¡Ejem...! ¡Ejem...!

¡Ya se me va el dolor del pie...! El dolor del pie ya se me fue... ¡Tralalá!
¡Como un niño!
Pasen, pasen, tomarán una copita para reponerse.
Y llegó el día de la marcha...
Adiós, mi querida amiga. ¡Buen viaje...!
Adiós, querido capitán Medock. Gracias por su encantadora hospitalidad... Estoy desolada de marchar, pero le aseguro que volveré, le hago la promesa...
Yo... yu... ya cuento con ello.
En cuanto a mi esmeralda... Snif... en cuanto sepa algo...
La avisaremos de inmediato... Vaya tranquila...
Querida señora, le ruego que acepte estas modestas rosas, las primeras de una variedad que acabo de crear y a las cuales me he permitido darles el bello nombre de "Bianca".
¡Qué idea tan adorable!
¡Son maravillosas...! ¡Maaravillosas...! ¡Y qué perfume...! Huela, capitán Kapstock...
¡No, no, gracias!
Querido profesor, permita que le dé un beso...
SMAK
Y ahora debo irme...
¡Sí, sí...! ¡Adiós, adiós...!
¡Arrivederci...! ¡Cuiden bien a Coco...!
¡Esté tranquila...!
¡Gracias! ¡Usted también!
¡¡¡Y vuelva pronto!!!
¡CIELOS! ¡MIS JOYAS!
56

¡Señor...! ¡Señor...! ¡La señora ha olvidado esto...!
¡Cielos! ¡Sus joyas!
¡Gracias, Prósper...! Para recompensarle le enviaré una foto dedicada.
¡Esta vez se acabó...! ¡Del todo...! ¡Se acabaron las escalas...! ¡Las vocalizaciones...! Se acabaron los "¡Cielos, mis joyas...!
¡CIELOS! ¡MIS JOYAS!
¡Oye, granuja, si quieres conservar tus plumas, te aconsejo que cambies de disco!
¡CRO!
¡¡¡SILENCIO CUANDO YO HABLO, MIL MILLONES DE MIL NAUFRAGIOS!!!
Tres semanas después...
Sí... Sí... Sí, ya lo sé... No es culpa mía... ¿Qué...? No, tampoco es culpa suya, claro que no... Sí... Pero es que han sido las vacaciones... Luego tuve la gripe, y... ¡Ah! ¿Cuándo...? ¿Mañana...? No es posible... Pero a principios de la próxima semana, sí...
¡Señor Boullu, cuando le tenga a mano le diré lo que pienso de usted!
CLAC
¡Ay, ay, ay...! ¿Qué manía tiene ahora la gente de ir con tantas prisas? Por eso hay tantas enfermedades del corazón...
¡Tienes razón, Isidoro!
¿Ha leído la "Noticia del día" en el "Correo"? Lo dedica a...
... la Castapipa, sí, lo he leído.
Noticia del día
EL RUISEÑOR Y LA POLICÍA
Triunfo sin precedentes... Inolvidable interpretación... Artista "grandíssima"... En estos términos se expresa toda la prensa italiana después de la reciente gala de la Scala de Milán, donde la célebre Castafiore –como despedida de Europa– cantó la ópera de Rossini LA GAZZA LADRA.
La diva ha sido quince veces reclamada a escena por los aplausos. "Bravo, bravíssimo...!" ¡Ojalá que el entusiasmo de sus admiradores logre mitigar sus penas!, pues dicen que sigue inconsolable por la desaparición de la más hermosa de sus joyas.
Mucho se ha hablado ya de este "Asunto del robo de la esmeralda" que tuvo por escenario el castillo de Moulinsart. Las sospechas han recaído en unos gitanos que emplearon un mono amaestrado para hacerse con la piedra preciosa, regalo del maharajá de Gopal.
¡Siguen con ese cuento absurdo del mono ladrón! ¿No cree usted que aunque estuviese perfectamente amaestrado, un animal no iría directamente al objeto que...
A propósito de animales. ¿Sabe que ha dicho el marmolista?
Pero... Pero... De hecho... ¿¿por qué no??
¿por qué no, qué...?
¿Adónde vas...? ¿Adónde vas, Tintín...?
¡Vuelvo en seguida!
¡Guau! ¡Guau!
57

¿Qué mosca le habrá picado al chico?
Diga, capitán, ¿no tiene usted ningún mensaje para transmitir a la señora Castafiore?
¿Un mensaje...? ¿Yo...? ¿Para la Castafiore...?
¡No un mensaje...! Olvidé decirle que voy a Milán a presentar mi "Supercolor Tornasol" al Congreso Internacional de Televisión. Naturalmente, pasaré a saludar a nuestra encantadora amiga...
¡Ah! ¿Sí...? ¡Pues dígale todo lo que usted quiera, pero por favor, no la invite a venir a Moulinsart!
Es usted muy amable. Ya se lo diré y estoy seguro de que estará muy complacida con su invitación.
¡Capitán! ¡Capitán!
¿Qué pasa...? ¿Arde la casa...?
¿Hay algún podador por aquí...?
¿Un podador...? Sí, Emilio López, en el pueblo... Pero ¿por qué...?
¡Gracias...! ¡Ah, sí!, me olvidaba... Telefonee a Hernández y Fernández... Que vengan cuanto antes... ¡Se trata de la esmeralda...!
¿De la esmeralda...? Pero...
¡Hasta luego...! No olvide telefonear...
Pero Tintín...
Una hora después...
Hemos venido por tranquilidad de confianza... ejem... por abuso de conciencia, porque no vemos que pueda enseñarnos nada en este asunto. Sepan de una vez: ¡han sido los gitanos, ayudados por el mono, los que han dado el golpe!
Para nosotros la cosa está clara, ¿verdad?
Yo aún diría más: la cosa está clara. Es mi opinión y la comparto...
La única y sola cosa que Tintín podría revelarnos, es el lugar donde está escondida la joya... Y eso...
¡Pues eso, señores, es lo que voy a enseñarles, si hacen el favor de acompañarme!
¡¿Tú?!
¡¿No?!
¡¿Sí?!
58

¿Has encontrado el sitio donde han escondido la esmeralda los gitanos...?
¡Los gitanos no han escondido nada...!
¡Miren allá arriba! Allí está seguramente la clave del misterio...
¿Allá arriba?
¿Dónde?
Sí, ¿dónde?
Allá arriba, en ese chopo...
¿En ese chopo...? ¡Solo veo un nido!
Sí, pero es un nido de urracas, capitán...
¿Qué quieres decir?
?
¡Que es una urraca la que ha robado la esmeralda! ¡Sí, pondría la mano en el fuego...!
¡Truenos! ¿Para subirte a ese árbol le has pedido el material a Emilio, el podador?
¡Naturalmente...!
¡Por Dios, Tintín, sé prudente...!
¡Ya verá!
¡ÑEC!
¡Tintín, ten cuidado, por favor...!
Esté usted tranquilo.
CRAC
!
59

¡Apártense...! ¡Una rama seca...!
CRAC
¡Aquí estamos bien...! Y tú, ¿has encontrado algo...?
Sí, aquí está el dedal de plata de Irma...!
¡Y LA ESMERALDA...! ¡AQUÍ ESTÁ LA ESMERALDA...!
Pedacitos de vidrio... Una bola de ágata... Un monóculo... Eso es todo... Ya bajo...
Ñec
¡Ladrón!
¡Magnífico...! ¡Tintín, eres un as...! ¿Pero qué es lo que te hizo pensar de golpe en una urraca...?
¿Cómo se titulaba la ópera de que hablaba el periódico?
No sé, algo así como "Pizza"... o "Ragazza"...
La "Gazza Ladra", es decir, ¡la urraca ladrona...! ¡Para mí, eso me ha hecho ver la luz!
Me dije: "¡Hay una "gazza ladra" por estos alrededores! ¿Dónde...? Cerca del sitio donde las tijeras que cayeron del nido de la ladrona fueron recogidas por la pequeña Miarka..." Corrí a ver el sitio: ¡había un nido...! ¡Y ya están los gitanos libres de culpa...!
¡Qué suerte la nuestra! ¡Una vez que pillamos a los culpables, se las arreglan para ser inocentes...!
¡Es verdad! ¡Parece que lo hagan ex profeso...!
En todo caso hemos encontrado la esmeralda: ¡es lo esencial! Hay que devolvérsela a la señora Castafiore.
Precisamente, nuestro amigo Silvestre sale dentro de poco para Milán; quizá pueda encargarse de la joya...
¡Ni pensarlo...! ¡Solo nosotros podemos devolvérsela a su propietaria: ¡nobliza oblega...!
Bueno... como quiera... Aquí está.
Lo que más me alegra de este asunto, es saber que esa buena gente, los gitanos, van a quedar limpios de toda sospecha...
¡Es bonita la esmeralda...!
Yo aún diría más...
?
?
¡OH...!
60

¿Qué hacen ustedes ahí...?
Es que... ejem... Es la esmeralda que... que se ha caído en la hierba... Y como la hierba es verde...
Yo aún diría más...
¡Qué graciosos...! ¡Ah, qué graciosos! ¡Hay que ver qué graciosos...!
Eso le puede pasar a todo el mundo, ¿no...?
¡Guau! ¡Guau! ¡Está aquí vuestra piedrecita...!
¡Bueno...! ¡Y no la pierdan otra vez, ahora...!
¡Pero bueno!
Unos instantes después...
Adiós, amigos, me voy... ¿No tienen nada que decirle a la señora Castafiore?
¡Precisamente, sí!
¡Una excelente noticia...! Puede usted decirle que su esmeralda ha sido recuperada gracias a Tintín...
¡No, tomaré el avión, que es más rápido!
¡Le digo que la esmeralda de la Castafiore ha sido encontrada...! ¡La es-me-ral-da! ¡LA ES-ME-RAL-DA!
¿Sin declararla...? ¡No, amigo mío, no...! ¡Yo tengo por costumbre declararlo todo en la aduana...! ¡Adiós...!
¡Vamos, capitán, cálmese! Con telegrafiarle la noticia a la Castafiore, estamos listos.
Y sin falta le transmitiré su invitación...
Nosotros también salimos para Mitán..., ejem... para Pilán... Abreviando, ¡adiós, capitán!
¡Adiós, adiós!
¡Hasta la vista! ¡Y gracias por su empujoncito...!
Oye, tú llevas la esmeralda, ¿verdad...?
¡No, la llevas tú...!
Oye, que te la he dado, y...
¡Que no, que no...! Al contrario...
Al día siguiente...
¡Qué buen paseo he dado...! ¡Y sin complicaciones en el horizonte...! ¡Qué paraíso...!
¡Ah! ¡Capitán, venga a ver esto...!
¿Qué...? ¿Qué pasa...? ¡No me digas que ELLA ha vuelto...!
61

Mire: ¡ha venido el señor Boullu a cambiar el escalón!
¡Es maravilloso...! ¡Ah! ¡Y ha puesto un listón sobre el peldaño...! Hay que esperar a que el cemento fragüe. Él ya os lo habrá dicho, supongo...
No, no lo ha dicho, pero ya se sabe...
¡Ya lo sé...! ¡Pero es mejor que se diga...! ¡Y que se repita...! Así que ¡cuidado, por el amor de Dios...! ¡No pongáis el pie en ese escalón...!
Bien, capitán.
Entendido, señor.
Tomad la costumbre durante unos días, de pasar la pierna por encima... ¡Así...! ¿Entendido...?
Sí, capitán.
Muy bien, señor.
¡Ya veis que es una cosa sencilla...! Solo hay que acordarse cada vez...
DONG
Vaya, ¿quién llama?
¡Hola! ¡Soy yo otra vez...! Olvidé decirles...
¡Ah! ¡Señor Boullu! ¡Qué amable ha sido de venir...
WUU-UU
¡Esto sí que es una lástima...! ¡Yo que he vuelto precisamente para decirles que esperasen uno o dos días para pisar el escalón! ¡Es una verdadera lástima: con lo bonito que era este mármol...!
GRRR
Se acabó, ¡mil rayos!
HERGÉ